LES SURFEURS DE L'INCONNU

Conforme à la loi n° 49956 du 16 juillet 1949
sur les publications destinées à la jeunesse
ISBN 209282380 - 9

LES SURFEURS DE L'INCONNU

Texte de Christian Grenier
Illustrations de Marc Mosnier

NATHAN

CHAPITRE 1

Un surfeur disparaît...

La plage était peu animée ce 26 décembre à six heures du matin. Même au cœur de l'été austral, sur cette *Gold Coast* australienne, les surfeurs les plus courageux n'arrivaient qu'une heure plus tard. Et puis nous étions le lendemain de Noël.

J'avais apporté ma planche mais je ne voulais ni surfer ni me baigner. Clovis, qui dormait encore dans sa chambre, ne me rejoindrait pas avant dix heures. Immobile, assis face au soleil levant, j'attendais Andy. Elle m'avait promis de passer avant de soigner sa mère. Et Andy, depuis une semaine, occupait de très loin la première place dans mon esprit. Moi qui étais un solitaire (souvent Clovis, en riant, m'appelait Manu-le-taciturne), je m'étais laissé apprivoiser.

Songeur, j'observais le va-et-vient des plagistes qui ratissaient le sable et installaient leurs parasols. Donald, le surveillant de baignade, m'adressa de loin un signe amical avant d'ouvrir sa petite cabane en bois.

Le surfeur, je ne le vis même pas arriver : quand je l'aperçus, il nageait vers le large d'un crawl puissant et régulier, tirant avec son leash[1] une longue planche d'un noir profond. Mes pensées revinrent à Andy, qui tardait. Un quart d'heure avait pu s'écouler quand mon regard tomba à nouveau sur le surfeur. Il évoluait à trois cents mètres de la grève, les bras en croix, poussé par une superbe vague... trois bons mètres de hauteur !

Quand le rouleau se referma sur lui dans un éblouissement d'écume, je hochai la tête avec un rien d'envie.

Quelques secondes plus tard, je fus intrigué : le nageur ne réapparaissait pas. Sa planche non plus.

C'était surtout elle que je guettais : sa couleur inhabituelle se serait repérée sur l'eau comme une tache de

---

1. Leash : corde qui relie le surfeur à sa planche et lui permet de la récupérer en cas de chute.

mazout. Une minute s'écoula. Je fus d'abord intrigué. Inquiet. Puis affolé.

Je me levai, courus vers le bord de l'eau, plaçai ma main en visière sur le front, écarquillai les yeux à la recherche d'un visage émergeant de cette eau bleue éclaboussée par les reflets du soleil.

Rien.

C'était stupéfiant. Car si un surfeur peut être emporté par une vague, drossé ou entraîné par le fond, sa planche, forcément, remonte. Je me précipitai alors vers la cabane en hurlant :

– Donald ! Donald ! *Hurry up, hurry up !*

Tout se passa très vite : j'aidai le surveillant de baignade à mettre à l'eau son petit canot pneumatique, lui indiquai l'endroit où l'accident s'était produit. Comme je m'apprêtais à monter dans l'embarcation, il m'ordonna :

– Pas question, Manu. Tu restes ici. Et ne va pas te jeter à l'eau pour m'aider dans mes recherches, hein ? J'ai assez d'un naufragé !

Il mit le moteur en route et fonça vers le large pour y décrire des cercles excentriques. Il avait dû emporter son téléphone portable et prévenir les pompiers car il poursuivait toujours ses recherches quand je vis surgir sur le boulevard de la Mer la voiture des premiers secours. Plusieurs hommes en uniforme en descendirent. J'allai les accueillir pour leur rapporter les faits.

C'est au moment où Donald accostait, bredouille et tête basse, que le flic arriva. D'abord, je le pris pour un garagiste. Sans doute à cause de sa casquette et de sa salopette bleue sur laquelle était cousu un badge où l'on pouvait lire : *Jack Charrier*. Il s'entretint quelques instants avec les pompiers. Sans conviction, ceux-ci s'apprêtaient à mettre à l'eau un gros canot dans lequel ils avaient hissé leur matériel de réanimation. J'entendis leur chef marmonner :

– Nous allons entreprendre des recherches, Jack. Mais je n'ai plus d'espoir. Ce soir ou demain, la houle finira par rejeter la planche et le corps sur la berge...

L'inspecteur alla interroger Donald ; le maître de baignade résuma l'incident et me désigna du doigt.

Le flic se dirigea vers moi et je compris vaguement que les ennuis allaient commencer. J'étais loin d'imaginer à quel point.

D'instinct, je me tournai vers le boulevard dans l'espoir de voir Andy apparaître. Que pouvait-elle bien faire ?

– Inspecteur Charrier, se présenta le flic.

Il prononçait son nom à l'anglaise, un peu comme le mot *sherry.* Il s'assit familièrement sur ma planche. Je n'osai pas l'en déloger. Calant entre ses dents un bâton de réglisse, il soupira :

– Ainsi, c'est vous qui avez donné l'alerte ? Pouvez-vous m'expliquer exactement ce qui s'est passé ?

Ce fut vite fait, évidemment. J'avais peu de détails à livrer. L'inspecteur *Sherry* m'écoutait sans ciller ; il me fixait de ses yeux clairs et passait sur sa barbe poivre et sel une main semée de taches de rousseur. Malgré mon bon niveau en anglais et mon accent que je croyais excellent, il nota, et c'était à peine une question :

– Vous êtes étranger, n'est-ce pas ?

– Oui. Français. Je suis en vacances ici pour quinze jours.

Depuis que Clovis et moi étions arrivés, révéler notre identité avait toujours suscité de grands élans de sympathie : *Ah, la France, Paris-Moulin Rouge, Tour Eiffel !...*

Ici, rien de tel. Le flic me regardait, à l'affût d'une révélation supplémentaire. Irrité, je haussai les épaules.

– Écoutez, je ne peux rien vous dire d'autre, moi ! Quand la vague s'est refermée sur le surfeur, il a été englouti, il n'a pas reparu... Que voulez-vous savoir de plus ?

Charrier jeta un coup d'œil à sa montre. Puis il me désigna l'immense plage où Donald et les plagistes s'étaient remis à installer leurs matelas. Plus loin, sur l'océan, le canot des pompiers évoluait lentement.

– Il est six heures trente, me dit-il dans une drôle de grimace. C'est bien tôt pour surfer, vous ne trouvez pas ?

– Oui. Mais pas plus dangereux qu'à six heures du soir. Et puis ce garçon nageait très bien. Que vouliez-vous que je fasse ? Que je l'empêche de se mettre à l'eau ? Que je devine ce qui allait arriver ?

– Oh, ce n'est pas au type qui s'est noyé que je faisais allusion...

Le flic me désigna ma propre planche posée sur le sable.

– Vous étiez ensemble ? Vous le connaissiez ? insista-t-il.

– Mais non ! Je n'avais jamais vu cet homme !

– Pourtant, vous étiez là, vous aussi. À une heure très matinale. Et vous vouliez surfer, non ?

– Pas exactement. Je...

Il me cassait les pieds, avec son interrogatoire. La

moutarde me montait au nez. Je lui lançai, un rien provocateur :

– J'avais rendez-vous avec une amie ! Vous voulez des détails ?

Le chef des pompiers nous interrompit. Il avait en main une vieille paire de baskets ainsi qu'un short et un tee-shirt jaunes. Il déposa le tout aux pieds du flic en murmurant :

– On a trouvé ça sur le sable, à trois cents mètres d'ici.

L'inspecteur fouilla les poches du short et en sortit une note de restaurant froissée. Ce maigre butin parut le satisfaire.

– Eh bien voilà ! grommela-t-il. Notre homme est un client de l'hôtel Bellevue. Il y occupe la chambre 42. Hier soir, pour dîner, il a même dépensé dix-huit dollars et vingt *cents*...

– Pardon. Vous avez dit l'hôtel Bellevue ? Et la chambre 42 ?

Ça m'avait échappé. L'inspecteur se tourna vers moi, très intéressé. Je révélai :

– Alors je sais comment s'appelle ce surfeur : Vincent Van Loos. Il est belge. Clovis et moi avons fait sa connaissance en arrivant, le 20 décembre.

Le flic esquissa un sourire entendu et répéta :

– À l'hôtel Bellevue ?

– Oui. C'est là que Clovis et moi sommes descendus. Chambres 40 et 44. Van Loos était... il est notre voisin.

Charrier enleva de sa bouche le bâton de réglisse. Son œil, un rien sadique, pétillait de satisfaction.

– Attendez, jeune homme : il y a deux minutes, vous m'avez affirmé n'avoir jamais vu l'homme qui a disparu. Et à présent, non seulement vous me révélez que vous le connaissiez mais vous m'apprenez même comment il s'appelle !

Je me fâchai :

– Tout à l'heure, quand je l'ai vu surfer, il était trop loin pour que je puisse l'identifier ! Et puis nous ne nous sommes vus que deux ou trois fois, à l'hôtel.

– Bien sûr, dit le flic en me saisissant familièrement par l'épaule. Pouvez-vous me donner votre nom ? Votre âge ? Votre domicile ?

Un piège était en train de se refermer sur moi. Une fois encore, je pensai à Andy. Comme à une bouée de secours.

Donald, de loin, me jeta un regard de compassion. Le jour de notre arrivée, le responsable de la plage avait deviné que nous étions étrangers. Clovis, lui et moi avions vite sympathisé. Son prénom m'avait d'abord fait sourire – mais du canard, Donald n'avait que le goût pour le milieu aquatique. Sur le plan physique, il rappelait plutôt Stallone ou Schwarzenegger. D'une stature imposante, il avait un rire à la mesure de son corps : puissant, énorme, impressionnant. Mais dans la situation où je me trouvais, il ne pouvait me venir en aide.

Refrénant mal mon agacement, je répondis au flic :

– Qu'est-ce que vous me voulez à la fin ? Vous croyez que j'ai poussé ce Vincent Van Loos à l'eau ?

– Voulez-vous répondre à mes questions, mon garçon ?

Je capitulai :

– Mon nom est Manuel Munoz. Mais on m'appelle Manu. J'ai dix-sept ans. J'habite en France, à Stains. C'est dans la banlieue de Paris.

– Et vous êtes venu en Australie avec vos parents ?

– Non. Avec un ami. Mes parents... écoutez, je n'ai plus que ma mère, mais je n'habite pas chez elle. Je vis dans... dans *un foyer*.

– Un *foyer* ?

Ma traduction devait être incorrecte.

– Un foyer, c'est... une institution pour les jeunes,

quand les parents n'ont pas les moyens de s'occuper de leurs enfants.

– Pas les moyens ? Mais vous êtes d'une famille aisée, Manu ?

– Moi ? Pas du tout.

– Pourtant, ajouta le flic en souriant, vous vous offrez des vacances en Australie ?

– Oui. Je... c'est toute une histoire.

– Une histoire sans rapport avec... comment l'appelez-vous ?

– Vincent Van Loos. Non, mon séjour ici n'a aucun rapport avec lui.

– Eh bien, Manu, vous allez me suivre. Parce que cette histoire, j'aimerais quand même que vous me la racontiez...

CHAPITRE 2

Un interrogatoire serré

Je suivis Charrier sur le boulevard de la Mer, où il m'invita à monter dans sa voiture. Une petite décapotable rouge d'un modèle ancien. Il n'était pas encore sept heures mais les boutiques de *Surfers Paradise* étaient presque toutes ouvertes. *Surfers Paradise*, à proximité de la ville de Southport, c'est le Saint-Tropez de la côte est de l'Australie. Mais un Saint-Tropez à la mesure du pays : trente kilomètres de sable jusqu'à la frontière de la Nouvelle-Galles du Sud. Et, le long de la *Gold Coast*, un défilé ininterrompu d'hôtels de luxe, de bars, de boîtes de nuit et de magasins de souvenirs.

Dans deux heures, les rues seraient pleines de badauds, l'océan constellé de surfeurs et l'interminable plage écrasée de soleil. En Australie comme dans tout l'hémisphère sud je suppose, chacun essaie de prendre ses vacances autour de Noël.

Charrier fit moins d'un kilomètre, bifurqua à deux reprises dans des rues adjacentes et stoppa à l'angle de l'une d'elles. Là se tenait un poste de police en béton à l'allure un peu crasseuse. Il m'invita à monter à l'étage. Je pénétrai dans une pièce étroite et sombre encombrée de papiers et de classeurs.

Charrier me libéra un siège et alluma une lampe de bureau.

– Je n'ouvre pas la fenêtre, crut-il bon de justifier. J'ai la chance d'avoir un bureau exposé au nord. Et comme nous n'avons pas la clim, j'espère maintenir une température raisonnable jusqu'à midi... Eh bien Manu, je vous écoute !

Un long silence plana. Une mouche bourdonnait dans la pièce, heurta la vitre plusieurs fois. Comme cet insecte, j'étais prisonnier. Mais qu'on ouvre la porte ne suffirait pas à me libérer.

Je soupirai :

– Mais enfin... qu'est-ce que vous voulez savoir ?

– Tout. Qui vous êtes. D'où vous venez. Comment vous avez atterri ici. Ce que vous avez fait depuis votre arrivée.

Ce type avait du temps à perdre. J'hésitais à me lancer dans ce qui aurait pu ressembler à des aveux. Il se pencha vers moi, et l'assurance de sa voix me fit frissonner :

– Écoutez, Manu, je vais jouer franc jeu avec vous. Vous êtes ici depuis quelques jours. La *Gold Coast*, l'océan, le surf, le soleil... Agréable, non ?

Je ne voyais pas où il voulait en venir.

– Il y a trois mois, j'ai demandé ma mutation. Quand j'ai appris que j'avais été nommé ici, à *Surfers Paradise*, je n'y ai pas cru. Parce que, voyez-vous, ce poste, j'ai des centaines de collègues qui aimeraient le décrocher. Je suis ici à l'essai, Manu. À la moindre défaillance, je saute. Pour être transféré dans la banlieue de Sydney. C'est le sort de ceux qui m'ont précédé et qui ont tous échoué dans leur enquête. Et voyez-vous, cette place, j'aimerais bien la conserver...

Je ne comprenais toujours pas très bien. Il poursuivit :

– Je pense que vous êtes pour quelque chose dans la disparition de Van Loos. Méfiez-vous : tout ce que vous me cachez, je finirai par le découvrir. Et je vous le ferai payer très cher.

– Mais vous êtes... c'est complètement fou ! Qu'est-ce qui vous fait croire que je... que j'ai quoi, d'ailleurs ? Poussé Van Loos à l'eau ?

– Vous parlez tous deux français. Vous êtes logés au même hôtel. Vous vous trouviez ensemble sur la plage à une heure inhabituelle. Enfin, vous êtes le dernier à avoir vu la victime.

– Évidemment, puisque c'est moi qui ai donné l'alerte !

– Vous l'ignorez peut-être, Manu, mais deux fois sur trois, la dernière personne à avoir vu la victime, c'est l'assassin.

Je haussai les épaules. Cet argument n'était pas sérieux. Bon : Charrier était persuadé que j'en savais davantage... mais de là à me soupçonner de meurtre !

– Mais comment aurais-je pu assassiner Van Loos ? Donald vous le confirmera : je n'ai même pas mis le pied dans l'eau !

– Oh, je n'ai pas dit que vous l'aviez assassiné. Je vous le répète : je crois que vous êtes pour quelque chose dans sa disparition. Voilà pourquoi je voudrais des réponses précises à mes questions.

Il laissa peser un méchant silence. Pour me montrer que, cette fois, la balle était dans mon camp. Soit. Je pris une longue inspiration :

– D'accord, inspecteur. Je vais moi aussi jouer franc jeu avec vous. Tout ce que je vais vous dire est la stricte vérité. Depuis l'âge de dix ans, je vis dans un foyer en banlieue parisienne. Je n'ai jamais connu mon père, je crois que ma mère elle-même ne sait pas très bien qui c'est.

– Et votre mère, que fait-elle ?

J'esquivai cette question qui me faisait mal :

– Je l'ignore. D'ailleurs, je ne la vois qu'une ou deux fois par an depuis qu'on m'a placé dans ce foyer. Tout a commencé quand le directeur, en mai dernier, m'a déclaré que c'était la dernière fois qu'il pourrait m'envoyer à Mimizan...

– Mimizan ?

Charrier dut faire la même tête que moi quand Donald m'avait révélé son prénom. J'essayai de trouver une comparaison :

– Une sorte de *Surfers Paradise*... en beaucoup plus petit, sur la côte ouest de mon pays, entre Bordeaux et Biarritz. Chaque année, le foyer m'envoyait là-bas faire du surf, dans un centre de vacances. J'adore ce sport, je ne me débrouille pas trop mal...

– Et alors, que s'est-il passé à Mimizan ?

– L'été dernier, j'ai négocié mes dernières vacances avec le directeur du foyer.

– Pourquoi vos *dernières vacances* ?

– Je ne suis pas un très bon élève, inspecteur. L'an prochain, je serai majeur. Je devrai alors travailler. Je n'ai pu séjourner en août à Mimizan qu'à condition de travailler dans un bar, sur la plage. Chaque jour, je disposais de trois ou quatre heures de liberté, juste après midi. De quoi me consacrer à ma passion : le surf. J'ai vite sympathisé avec un garçon de mon âge, Clovis.

– Ah oui, bougonna l'inspecteur. L'ami qui vous accompagne...

– Dès le premier jour, Clovis m'a abordé. Il m'a félicité pour mon style et m'a demandé si j'acceptais de lui donner des leçons. J'ai cru qu'il plaisantait.

– Pourquoi donc ?

– Parce qu'il surfait très bien, lui aussi. Mais Clovis trouvait que j'avais une façon particulière de prendre la vague. Dans les sports de haut niveau, c'est *le petit plus*, me disait-il, qui fait toute la différence. Clovis proposa de me rétribuer. J'étais stupéfait. J'acceptai de lui donner des conseils – mais sans me faire payer.

Charrier eut une moue de perplexité.

– La vérité, ajoutai-je, c'est que Clovis m'impressionnait. À cause de son assurance, de son aisance... Moi, voyez-vous, je suis du genre réservé. Je passe pour un solitaire, un renfermé. Tout l'inverse de ce garçon épanoui et sûr de lui. Je crois que ce qui a rompu la glace entre nous, ce sont les romans de science-fiction...

Charrier m'écoutait en mâchonnant son bâton de réglisse. Quand il s'interrompait, j'en déduisais aussitôt qu'un détail dans mon discours lui échappait. Je précisai :

– Je lis beaucoup. Surtout des romans d'aventures. Un jour, en prenant une serviette dans mon sac de plage, Clovis est tombé sur le bouquin d'Asimov que j'étais en train de lire. En version originale, c'est-à-dire en anglais. La découverte de cette nouvelle passion commune a consolidé nos liens. Bientôt, nous nous sommes retrouvés chaque après-midi, à surfer ensemble, à essayer de nous améliorer... À la fin de la première semaine, son père est venu un soir le chercher sur la plage. Quand j'ai vu le modèle de la voiture, j'en ai déduit que Clovis était d'un autre milieu social que le mien. Le maillot de bain et la planche, cela ne suffit pas toujours à vous situer dans l'échelle sociale.

– Que voulez-vous dire ?

– Les parents de Clovis sont de riches industriels. Ils logeaient dans le plus luxueux hôtel de la côte landaise. Comme je tentais de mettre plus de distance entre nous, Clovis m'a expliqué, avec sa désinvolture coutumière : « Jusqu'ici, j'ai toujours traîné derrière moi deux sortes de faux amis. Les premiers, dont la famille est moins aisée que la mienne, et qui essaient de s'attacher mon amitié par intérêt. Et les seconds, du même milieu que le mien, dont j'exècre les goûts et le snobisme. Aujourd'hui, je crois avoir trouvé un copain attachant et sympa. Et je ne vais pas accepter qu'il me lâche sous prétexte que mon père possède une Jaguar. »

– Tout ça, bougonna Charrier, ça ne m'explique pas encore ce que vous faites ici tous les deux...

– À la fin du mois avait lieu, à Mimizan, une grande compétition de surfeurs. Un concours international d'amateurs. Clovis s'était mis en tête de gagner. « Toi ou moi, me disait-il, qu'importe. Mais au moins que l'un de nous deux l'emporte. Et il invitera l'autre à partager le prix, qu'en penses-tu ? »

– Le prix ?

– Un séjour pour deux en Australie, sur la *Gold Coast*, voyage et tous frais payés.

– Enfin, j'y suis ! s'exclama Charrier. Lequel de vous deux a gagné ?

– Aucun. Je suis arrivé quatrième. Et Clovis a été éliminé.

– Alors je ne comprends plus.

– En constatant ma déception, expliquai-je, Clovis a éclaté de rire. Il m'a déclaré : « Tout ça ne va pas nous empêcher d'aller tous deux en Australie cet hiver. » J'ai voulu refuser. Mais quand Clovis a décidé quelque chose, c'est dur de lui résister. « Tu me vois aller là-bas tout seul ? me disait-il. Ou avec l'un des copains dont je t'ai parlé ? D'ailleurs, aucun ne surfe comme toi. Et tu te débrouilles en anglais comme un chef, ce qui n'est pas tout à fait mon cas. Tu n'as pas envie de connaître la *Gold Coast* ? » Évidemment, inspecteur, j'ai accepté. Moi non plus, je n'ai pas d'amis. Sauf Clovis, dont l'opiniâtreté et la sincérité ont fini par l'emporter. Et puis pour un amateur de surf, venir passer quelques jours ici, c'est un rêve. Une occasion qui ne se renouvellera pas dans ma vie.

Je soupirai avant de m'enfermer dans le silence. Et de songer, justement, à la vie qui m'attendait. J'en voulais presque à Clovis de m'avoir entrouvert la porte d'un univers qui m'était définitivement fermé.

Charrier examina d'un air perplexe l'extrémité de son bâton de réglisse. Presque à contrecœur, il marmonna :

– OK, Manu. Ça se tient, en effet. Mais... vous m'avez dit, sur la plage, avoir rendez-vous avec une amie. De qui s'agit-il ?

C'était déjà plus délicat. Mais je m'étais engagé à dire la vérité. Et puis je n'avais rien à cacher.

– L'après-midi de notre arrivée, le 20 décembre, nous avons commencé à surfer. Mais j'ai eu l'appétit plus gros que le ventre : tandis que Clovis s'exerçait non loin du bord, je me suis risqué au large. La première vague nous a balayés, ma planche et moi. Une jeune fille est venue à mon secours. Elle a mon âge et parle un peu le français. Elle s'appelle Andy Floyd. Nous nous sommes revus une ou deux fois par jour...

– Et vous aviez rendez-vous avec elle à six heures du matin ?

Là, le flic frisait l'indiscrétion. Je dus expliquer :

– Andy habite avec sa mère malade, dans une petite maison, à la périphérie de la ville. Elle doit déjà travailler pour vivre. Elle vient surfer ici dès qu'elle a un moment de libre. C'est-à-dire très tôt le matin et en début d'après-midi.

Charrier hochait la tête. Mes explications, je crois, le contrariaient. Il aurait préféré me prendre en flagrant délit de mensonge. Il se raccrocha au dernier renseignement que je lui livrai :

– Cette Andy est donc australienne. Que savez-vous d'elle ?

À cet instant, on frappa et la porte s'ouvrit. Andy fit irruption dans la pièce. Son visage défait, aux taches de rousseur clairsemées, me parut plus pâle qu'à l'ordinaire ; ses cheveux clairs, d'un brun tirant sur le roux, étaient en désordre comme si elle avait couru jusqu'ici. Dès qu'elle m'aperçut, elle se précipita dans mes bras.

Je me levai, lui entourai les épaules, la câlinai maladroitement. Elle sanglotait :

– Manu ! Enfin... tu es là !

– Andy, que s'est-il passé ? Je t'ai attendue ce matin et...

– Ma mère avait quitté la maison. Quand je m'en suis aperçue, je suis partie à sa recherche. J'ai fini par la retrouver à cinq cents mètres de là ; elle errait sur le boulevard. Elle ne savait plus où elle était, elle ne m'a même pas reconnue. Je l'ai ramenée sans difficulté à la maison mais je redoutais de la laisser seule. J'ai appelé le médecin qui a insisté pour l'hospitaliser. Il refuse de me la rendre, il affirme que c'est une question de survie et de sécurité, pour moi comme pour elle. Oh, Manu, que dois-je faire ?...

Elle pleurait et nicha sa tête dans mon épaule, indifférente au lieu où elle se trouvait et à Charrier qui nous observait, gêné. Je tentai de la réconforter.

– Andy ? Calme-toi. Comment as-tu su que j'étais ici ?

– Donald m'a dit qu'un surfeur s'était noyé. Que la police t'avait embarqué pour prendre ta déposition.

– C’est exact, mademoiselle.

Charrier en profita pour interroger Andy. Cette fois sur un tel rythme que j’eus peine à suivre le jeu de leurs questions-réponses. Peut-être le flic voulait-il comparer sa version des faits avec la mienne. Au bout d’une minute, Andy s’en aperçut.

– Mais pourquoi cet interrogatoire ? se rebiffa-t-elle soudain en se tournant vers moi. Qu’est-ce que Manu et moi avons à faire dans cette histoire ?

– L’inspecteur pense que je suis responsable de son accident.

– Quoi ?

L’arrivée inopinée d’Andy et sa stupéfaction convainquirent l’inspecteur mieux que toutes mes justifications. Il leva la main dans un geste d’apaisement.

– Je suis désolé, Manu. Vraiment. Non, je ne vous crois pas coupable. Mais je vais encore vous demander votre collaboration.

Il nous fit signe d’attendre, décrocha le téléphone et demanda brièvement :

– Alors ? Toujours rien ? Bien, merci, Donald.

Après quoi il nous désigna la porte en déclarant :

– Manu, acceptez-vous de m’accompagner à l’hôtel Bellevue ? J’aimerais faire un saut dans la chambre de votre compatriote. Et comme je ne parle pas un mot de français...

– Van Loos était belge. Pas français, inspecteur.

– Y a-t-il beaucoup de différence ?

– Autant qu'entre un Anglais et un Irlandais.

– Je comprends, fit-il dans une grimace.

– Vous êtes d'origine anglaise ou irlandaise ? demanda Andy.

– Écossaise. Mon ancêtre était l'un des sept cent dix-sept bagnards qui ont débarqué à Sydney, en janvier 1788. Jusque-là, ajouta Charrier en laissant percer un rien de fierté, ce pays était sauvage, vierge, inexploré. Mes aïeux ont été les premiers à défricher et à mettre ces terres en valeur.

L'inspecteur nous fit monter dans sa décapotable. Déjà, la circulation était plus intense et le soleil plus chaud. Mais le hall de l'hôtel Bellevue était toujours désert. Comme si la classe sociale de sa clientèle se devinait à la durée de sa grasse matinée.

Andy avait mis sa main dans la mienne et ses pas dans les miens. D'un regard et d'un sourire encourageants, je tentai de lui dire : Patience, confiance. Quand ce problème sera réglé, nous nous occuperons de ta mère. Nous sommes réunis, n'est-ce pas l'essentiel ?

Tandis que Charrier interrogeait l'employé de la réception, je ne pouvais pas m'empêcher de songer : oui, Andy et moi sommes ensemble, mais pour combien de temps ? Dans une semaine, nous devrons nous séparer. Faire face à nos difficultés, chacun de notre côté, à quinze mille kilomètres l'un de l'autre. Sans grand espoir de nous revoir.

– Vous venez ? nous dit Charrier. J'ai la clé. Vous nous montrez le chemin, Manu ? Au fait, pourquoi la chambre de Van Loos se trouve-t-elle entre celle de votre ami Clovis et la vôtre ?

– À l'origine, c'est moi qui avais la chambre 42. Mais le jour de notre arrivée, pendant que nous déjeunions, Van Loos est venu nous voir, à table. Il m'a demandé s'il était possible d'échanger nos chambres.

– Pour quelle raison ?

– La mienne était exposée plein est. Et il voulait voir le soleil levant. Pour me convaincre, il a ajouté que la chambre 44 avait une vue plus belle encore sur la mer. C'est vrai. J'ai accepté, Van Loos était ravi, il s'est confondu en remerciements.

– Et vous l'avez revu plusieurs fois, par la suite ?

Je rassemblai mes souvenirs. Ils étaient précis.

– Oui. Dans le hall de l'hôtel, un matin. Nous nous

sommes serré la main. Et puis un soir, en rentrant de la plage. Il m'a invité à boire un café. Nous avons discuté deux minutes.

– Ah ! Mais c'est intéressant, ça. Que vous a-t-il dit ?

– Des banalités. Nous avons parlé du soleil. De la qualité des vagues. De la beauté du site.

– Il ne vous a pas dit pourquoi il était venu ? À quelle date il pensait repartir ?

Non. Et si j'avais dû faire de mémoire un portrait de ce Vincent Van Loos, j'aurais été bien embarrassé. J'avais le vague souvenir d'un homme de trente ou trente-cinq ans, d'allure assez sportive, au regard triste.

Parvenu au quatrième étage, l'ascenseur stoppa. Les portes s'ouvrirent et je répondis pour encourager Charrier :

– À la réception, ils doivent en savoir plus que moi là-dessus.

– Hélas non. Je viens de me renseigner. Au fait, ajouta l'inspecteur en désignant la porte de la chambre voisine, votre ami Clovis dort toujours ?

– Sûrement. Vous voulez qu'on le réveille ?

– Non. Suivez-moi.

Charrier entra dans la chambre de Vincent Van Loos. Elle était sombre. Le flic alla ouvrir les rideaux.

Son regard parcourut la pièce, le lit défait, la valise fermée et rangée sous le placard. Il fouilla dans les tiroirs de la commode, dans celui de la table de nuit. Puis il alla inspecter la salle de bains et en sortit, un sourire entendu aux lèvres. Il m'apostropha :

– Manu, allez donc jeter un coup d'œil ici.

J'obéis. Les serviettes étaient bien pliées et la tablette, au-dessus du lavabo, vide.

– Eh bien ? me fit Charrier. Vous ne notez rien de particulier ?

– Non... Non, vraiment, pourquoi ?

– Pouvons-nous aller voir votre chambre, Manu ?

La question me déconcerta. Je haussai les épaules.

– Je vous préviens : je n'ai pas fait mon lit. Mais si ça peut vous faire plaisir...

– Moi, me chuchota Andy, ça me fait très plaisir de connaître ta chambre.

À peine arrivé, Charrier désigna les objets épars sur la commode et la table de nuit : les cartes postales, mon appareil photo, les romans de science-fiction. Ouvrant la porte de l'armoire, il me montra le linge sale empilé dans un coin.

– Eh bien, Manu ? Vous ne voyez pas la différence ?

– Si. Je suis moins méticuleux que Van Loos.

– Venez dans la salle de bains.

Mon rasoir électrique traînait sur la tablette, à côté de la brosse à dents et du dentifrice. Je commençais à comprendre.

– Manu ? Avez-vous réglé votre séjour en arrivant à l'hôtel ?

– Non. D'ailleurs, inspecteur, c'est Clovis, ou plutôt ses parents, qui assument tous mes frais. Je crois que la moitié du prix de notre séjour a été envoyée depuis Paris.

– Et l'autre moitié sera versée, je suppose, avant votre départ ?

– Oui. Le 2 janvier au matin.

Charrier tira de sa poche un nouveau bâton de réglisse.

– Eh bien Vincent Van Loos, lui, en arrivant le 20 décembre, a tout réglé jusqu'au 29. Tout sauf ses repas, qu'il payait au coup par coup. Quant à sa chambre, elle est en effet très bien rangée. Trop. Moi, si j'allais faire du surf à six heures du matin, je ne sais pas si je pousserais la maniaquerie jusqu'à ranger ma brosse à dents.

– Que voulez-vous dire ?

– Que Vincent Van Loos, ce matin, a bouclé sa

valise. Comme s'il avait su qu'il ne reviendrait pas. Et croyez-en mon expérience : même quelqu'un qui veut se suicider laisse au moins sur sa table de nuit un livre ouvert. Un réveil. Ou un message.

CHAPITRE 3

Le Never Never Land

Je sortis le premier de la chambre de Vincent Van Loos ; et je tombai nez à nez avec Clovis qui, en short et tee-shirt, se dirigeait vers l'ascenseur. Il maîtrisa vite sa surprise.

– Salut Manu. Bonjour Andy. Alors, la nuit a été bonne ?

Je n'avais pas le cœur à plaisanter. Je fis les présentations et expliquai la situation à Clovis : l'hospitalisation de la mère d'Andy, l'accident du surfeur, l'enquête de l'inspecteur. Et les soupçons dont j'avais été l'objet.

Clovis tendit les mains au flic.

– Passez-moi les menottes, dit-il en relevant la tête dans un geste théâtral. J'avoue tout : c'est moi qui ai noyé Van Loos.

– Vous ? fit Charrier ahuri. Mais... à l'heure de l'accident, vous dormiez ici, dans votre chambre, non ?

– Je suis sûr que vous ne parviendrez même pas à le prouver.

Charrier haussa les épaules et nous invita à redescendre à la réception. Là, tandis qu'Andy et moi suivions dans la salle à manger Clovis qui allait prendre son petit déjeuner, l'inspecteur partit interroger le personnel. Quand il nous rejoignit, son réglisse était en piteux état.

– Je n'ai rien appris de plus, avoua-t-il. Van Loos n'a reçu ni envoyé aucun courrier à l'hôtel.

– Et s'il s'était suicidé, inspecteur ? jeta Clovis la bouche pleine. C'est vrai : pour en finir avec la vie, le surf, c'est tout de même plus sympa que le gaz ou les barbituriques...

– Il a passé deux coups de fil en Belgique, avant-hier, ajouta Charrier tout à ses pensées. Je vais essayer d'obtenir les numéros. Et remonter fouiller sa valise.

– Et tout ça, sans aucune autorisation ? Ni commission rogatoire ? demanda Clovis en se resservant du café. En Australie, les lois sont aussi fantaisistes que les façons de se suicider !

– J'ai un bon motif, lui répondit sèchement Charrier : prévenir sa famille. Il me faut donc trouver son agenda. À moins que vous ne puissiez me renseigner et me dire à qui m'adresser ?

– Je ne connaissais pas Van Loos, je le jure, inspecteur ! Entre lui et moi n'existaient que trois points communs : un intérêt pour le surf, des vacances sur la *Gold Coast* et un domicile en Europe. Pour nous inculper, Manu et moi, ça fait quand même un peu léger, vous ne trouvez pas ?

Charrier ne goûtait pas l'humour de mon copain. Il nous adressa un bref signe de tête avant de tourner les talons.

– Drôle de type, fit Clovis en nous désignant le buffet. Andy, tu ne veux pas boire quelque chose ? Dis-moi, Manu, qu'est-ce c'est que cette histoire ? L'océan était si méchant, ce matin ?

– Non. Ça s'est passé très vite. Et exactement comme je l'ai dit, à toi comme au flic. Je n'ai qu'une version des faits.

– Il faut que je retourne à l'hôpital, dit soudain Andy en se levant.

– Je t'accompagne, bien sûr.

– Alors vous m'abandonnez, tous les deux ? Sympa ! Attendez...

Un moment, j'eus peur que Clovis veuille nous suivre. Mais non. À la réception, il commanda un taxi et nous déclara :

– Le trajet est réglé. Si vous voulez me rejoindre, je serai sur la plage. Vous saurez bien me trouver.

Grâce au taxi, nous étions à l'hôpital avant neuf heures. Là, on nous orienta vers le premier étage. Une infirmière désigna à Andy une chambre plongée dans la pénombre. Nous entrâmes. Mme Floyd semblait dormir profondément. Des sangles la retenaient sur son lit. À voix basse, l'infirmière expliqua :

– Elle voulait quitter sa chambre et rentrer chez elle. Nous avons dû lui administrer des tranquillisants. Elle ne se réveillera pas avant midi. Il est inutile que vous restiez.

– Elle a les traits d'une mourante, murmura Andy d'une voix épouvantée. Et elle n'a que cinquante ans. Comme elle a changé !

C'était vrai. J'avais moi-même du mal à reconnaître cette femme que je n'avais d'ailleurs vue qu'à deux reprises, quelques jours auparavant. Andy avait hésité avant de m'emmener chez elle et de me faire connaître sa mère. Je n'avais pu avoir aucun dialogue avec Mme Floyd. La plupart du temps, elle ne reconnaissait même pas sa fille et la traitait comme une étrangère. Elle souffrait d'une sorte de folie douce. Une des nombreuses formes que prend parfois la maladie d'Alzheimer.

– Miss Dowson aimerait vous voir, ajouta l'infirmière. Vous savez où est son bureau, n'est-ce pas ?

– J'y vais. S'il te plaît, Manu, j'aimerais que tu restes avec moi.

La jeune femme souriante et douce qui nous reçut devait être une assistante sociale. Son bureau était tapissé de posters montrant des animaux, des forêts, des lagons et des montagnes. Ainsi, Miss Dowson avait reconstitué une sorte de paradis terrestre, enfermée dans ces douze mètres carrés qu'éclairaient deux méchants néons. D'après ce que je compris, elle connaissait Andy depuis longtemps.

– Non, répondait-elle avec un entêtement aimable. Nous devons la garder. Et l'interner dans le secteur psychiatrique. Pour sa sécurité comme pour la tienne. Je ne te laisserai pas la reprendre.

Comme Andy hochait la tête, elle expliqua :

– Désormais, ta mère vit dans un monde inaccessible. Un univers qu'elle s'est construit et dont nous ignorons les lois. Une sorte de *Never Never Land*. Tu ne pourras plus la rejoindre.

– Un jour, dit Andy en désignant une affiche qui invitait à soutenir le mouvement *Greenpeace*, vous m'avez affirmé que ce n'était pas ma mère qui était folle, mais le monde dans lequel nous vivions. Vous disiez qu'elle refusait simplement de s'y intégrer.

– Je me souviens. Je le pense encore. Mais je crois que toi, Andy, tu as l'âge pour affronter le monde tel qu'il est. Et l'énergie nécessaire pour le préserver ou le transformer selon tes aspirations. Tu ne dois pas suivre ta mère là où elle t'entraîne. Tu le sais : son état ne s'améliorera plus.

– Je ne pourrai jamais faire face aux frais de son long séjour !

Miss Dowson hocha la tête.

– Ils ne seront pas plus importants que ceux que tu assumes aujourd'hui. Tu n'auras plus à payer de garde à domicile et tu pourras travailler à plein temps.

Andy capitula, remercia l'assistante sociale et sortit. Elle restait pâle, muette, le regard lointain. Comme entre parenthèses, à la croisée des chemins.

Je lui demandai d'une voix douce :

– Andy, qu'est-ce que le *Never Never Land* ?

Elle sortit de son rêve éveillé pour m'expliquer :

– Le pays du Jamais-Jamais ? C'est ce lieu hors du temps où vivent les enfants perdus, dans l'histoire de *Peter Pan*.

Je n'avais jamais lu *Peter Pan*. Ma littérature favorite était plus contemporaine.

Le taxi nous attendait. Le chauffeur avait reçu de Clovis la consigne de ne pas nous quitter. Andy voulut rentrer chez elle.

J'étais déjà venu plusieurs fois dans cette minuscule maison mitoyenne, semblable à toutes celles de cette cité ouvrière édifiée au XIXe siècle. Aujourd'hui, ces habitations rescapées étaient enchevêtrées dans de monstrueux immeubles de béton. La maison semblait à l'image de la femme qui l'avait habitée : une demeure modeste, frileuse, d'un autre temps. Dépassée et écrasée par un monde en rupture avec la nature. Je songeai que deux siècles plus tôt, cet endroit était vierge.

Andy ouvrit la porte ; elle promena un regard de détresse sur le séjour, au milieu duquel trônait un fauteuil recouvert d'une couverture. Elle éclata en pleurs.

– C'est un peu comme si elle était morte, tu comprends ? me dit-elle entre deux sanglots. Je ne peux pas m'empêcher de penser qu'elle ne reviendra sans doute jamais ici.

Son chagrin me désemparait. Que faire, que dire pour la réconforter ? Je la saisis tendrement par les épaules.

– Allons Andy, voilà longtemps que ta maman était déjà partie...

– C'est vrai. Mais si son esprit était ailleurs, elle était là. Je pouvais la voir, la toucher, m'occuper d'elle.

– Elle te prenait tellement de temps ! Tu n'avais pas une seconde de sérénité. Elle ne te reconnaissait plus, elle dévorait ton énergie, accaparait toute ton attention...

– Oui. Mais j'avais fini, je crois, par aimer les servitudes qu'elle m'imposait. Comme si ma mère et toutes ces contraintes n'avaient plus fait qu'un. Aujourd'hui, Manu, je n'ai plus rien.

Je voulus lui répondre : Et moi ? Je suis là ! Mais j'étais là depuis – et pour – si peu de temps ! Je me souvins de ses soucis financiers. Je lui demandai si elle serait en mesure de payer les frais d'hôpital. Si quelqu'un de sa famille ne pouvait pas lui venir en aide.

– Je n'ai plus que ma mère, Manu. Et elle n'a que moi. Bien sûr, je vais faire l'économie du loyer de cette maison. Mais un studio coûte cher. Et la pizzeria ne voudra jamais m'engager à plein temps. Ici, les étudiants se battent pour travailler.

Cette situation, je la connaissais bien. Demander de l'aide à Clovis ? C'était aussi humiliant que dérisoire. Il n'était pas maître de l'argent de ses parents. Et il ne pouvait pas assumer toute la misère du monde. Andy se tourna vers moi, s'essuya le visage, essaya de me sourire.

– Excuse-moi. Ça va aller. Je vais te faire du thé. Tu es mon invité et je t'accueille bien mal...

J'étais incapable de trouver les bons mots. Et conscient qu'un geste trop intime, ici et maintenant, aurait pu être mal interprété. Vers midi, Andy téléphona à l'hôpital.

– Elle est réveillée, m'expliqua-t-elle. J'y vais. Non, cette fois Manu, je préfère être seule. S'il te plaît, va rejoindre Clovis. Je sais qu'il t'attend. Et puis tu dois aussi profiter de tes vacances.

À l'arrêt du bus, c'est elle qui m'a pris dans ses bras et a frotté sa joue contre la mienne. Sans doute parce qu'elle savait que je n'aurais pas osé le faire.

Je retournai à l'hôtel Bellevue pour y prendre ma planche de surf. Avant de filer vers la plage, je passai par la pizzeria où Andy travaillait et où nous avions pris l'habitude d'aller déjeuner, Clovis et moi. L'une des serveuses, Leslie, m'avertit qu'il venait de repartir.

Cette fois, malgré la chaleur, le littoral était noir de monde. Au loin, l'océan déroulait ses immenses rouleaux sous lesquels évoluaient les silhouettes des surfeurs. Certains, immergés et presque invisibles, se dirigeaient lentement à la nage vers le large en tirant le leash de leur planche ou en la poussant devant eux. D'autres, guettant l'amorce d'une vague prometteuse, tentaient de se redresser et de se laisser porter par la houle. Les plus chanceux, accroupis, fonçaient vers le rivage en savourant les quelques secondes d'ivresse qui précédaient leur chute au cœur du rouleau mourant.

C'était un spectacle à la fois familier et grandiose.

Je repérai très vite sur le sable la planche et le sac de plage de Clovis. Il ne surfait donc pas. Je posai mes affaires auprès des siennes et j'essayai de le localiser parmi la foule quand mon attention fut attirée par un attroupement près de la cabane de Donald. Je courus jusque-là. Clovis faisait partie des badauds que le maître de baignade essayait en vain de disperser. On le bombardait de questions. Il répondait :

– Je vous répète que je n'ai rien vu ! Je crois que c'était un touriste. Un client de l'hôtel Bellevue.

– Et c'est tout ce qui reste de sa planche ?

– On vient de me la rapporter. Non, n'y touchez pas, s'il vous plaît !

J'aperçus, posée sur le seuil de la cabane, une moitié de planche de surf très abîmée. Elle semblait avoir été cassée en deux, et portait de longues rayures obliques qui avaient mis le polystyrène à nu. Les commentaires fusaient de toutes parts :

– Le surfeur a été bousculé par un canot, c'est évident !

– Ou bien par une autre planche ?

– Impossible ! Une collision n'aurait pas fait tant de dégâts.

– Vous savez, une forte vague a pu la briser.

– Et les rayures, alors ? Non, moi je pense que c'est un requin. Regardez : on voit même la trace des dents.

– Ne dites pas de bêtises ! lança Donald en haussant les épaules. Je n'ai jamais vu de requins à moins de trois lieues de la côte. Vous avez trop regardé *Les Dents de la mer* !

– Pourtant, insista un estivant barbu, ça expliquerait

qu'on n'ait pas retrouvé le corps !

Je me penchai pour examiner à mon tour ce qui restait de la planche. Était-ce bien celle de Van Loos ? Dans mon souvenir, elle était plus sombre que ça. Son noir luisant s'était terni, il était devenu un gris sale ; la peinture, de mauvaise qualité, semblait déjà s'écailler.

Clovis m'aperçut, me saisit par les épaules et m'entraîna à l'écart en grommelant :

– Andy va bien ?

– Oui. Elle s'est résignée à l'internement de sa mère. Au fait, je te remercie d'avoir payé le taxi...

– Que crois-tu ? J'ai fait ça dans mon intérêt ! répondit-il avec un rictus un peu amer. Quand ceux qui ont du pouvoir ou de l'argent semblent t'en céder un peu, ne te fais aucune illusion, Manu : c'est rarement par pur altruisme mais souvent parce qu'ils y trouvent leur compte.

Comme j'écarquillais les yeux, il ajouta, provocateur :

– Si j'ai tant insisté pour que tu m'accompagnes, tu sais bien que ce n'est pas pour te faire plaisir. C'est parce que tu es quelqu'un d'exceptionnel et de discret, qui ne mesure pas son amitié... Parle-moi de Mme Floyd.

Je lui expliquai les difficultés dans lesquelles Andy aurait à se débattre.

– Rassure-toi, elle s'en tirera, murmura-t-il avec un curieux sourire. Et toi aussi, Manu, tu t'en tireras. Parce que vous aurez à vous battre. Avec des désirs comme moteur. Et le même objectif au bout du chemin.

– Je ne comprends pas. Qu'est-ce que tu veux dire ?

– Qu'Andy et toi avez désormais un projet : vous rejoindre. Tu sais que je t'envie, Manu, d'être amoureux. Et d'avoir un vrai destin à prendre en main.

Je voulus protester. Mais Clovis était si mûr et si perspicace qu'il était inutile de jouer au plus fin avec lui. Je me contentai de murmurer :

– C'est difficile à croire, que tu sois jaloux, toi qui attires les filles comme le vinaigre attire les mouches, toi dont le futur est assuré !

– Justement. Mon gros problème, Manu, c'est d'avoir déjà tout, tu comprends ? Notamment un avenir bien tracé.

Clovis enlevait ses vêtements, examinait sa planche tout en se passant de l'huile sur la peau. J'avais l'impression qu'il ne s'adressait pas à moi mais qu'il exprimait soudain à voix haute ce qu'il devait ruminer depuis des années. Il poursuivit :

– Toi, Manu, tu ne sais pas de quoi ta vie sera faite. La mienne, je peux déjà te la résumer : je vais entrer dans une grande école. En sortir et me marier. Mais sûrement pas avec quelqu'un comme Andy. Et prendre un jour la succession de mes parents. Vivre dans un grand appartement à Neuilly. À Versailles. Ou dans le seizième arrondissement. Et avoir deux ou trois enfants. Dont un garçon, si possible.

– Tu plaisantes ?

– Pas du tout. Je peux même te dire la couleur de la cravate que je porterai dans vingt ans. Et les gens avec qui je fêterai Noël ou le Nouvel An.

Je dus avoir un petit sourire narquois. Je songeais, il est vrai, qu'il crachait un peu dans la soupe, comme on dit.

– Qu'est-ce qui t'empêche de tout laisser tomber, Clovis ?

– Le cran. Tu connais beaucoup de gagnants du Loto qui refusent d'aller chercher leur gros lot ?

Il éclata de rire, saisit sa planche et me poussa en avant.

– On y va ? Nous ne sommes pas venus ici pour philosopher sur l'existence, tout de même !

Je manquais d'enthousiasme et traînais un peu la patte.

– Ne me dis pas que tu redoutes l'océan, Manu ? Tu as peur de te laisser emporter par une vague, comme Van Loos ?

Je le rejoignis dans l'eau, nageai vers le large. C'était le meilleur moment de l'après-midi. Les surfeurs ne s'y étaient pas trompés. À cette heure, ils étaient nombreux à se risquer sur les vagues. Comme elles étaient hautes et puissantes, il fallait nager longtemps et franchir les lames déferlantes pour atteindre, au seuil de la pleine mer, la zone précise et particulière où une vraie vague commençait à se dégager de la houle. Là se situait l'un des moments les plus délicats de l'opération : se hisser sur la planche et partir à l'instant idéal. Le reste n'était plus qu'une question d'équilibre et de jugement : bifurquer d'un mouvement de reins ou de pied pour ralentir ; ou au contraire se laisser pousser par le flot... Un long temps d'apprentissage et une somme impressionnante de techniques pour savourer, une fois sur trois, quelques dizaines de secondes d'ivresse. Un sport à l'image de la vie, avait coutume de dire Clovis.

Tandis que j'évoluais sous les énormes rouleaux, ma pensée revenait vers le surfeur disparu le matin même. Et si, moi aussi, j'étais soudain emporté, drossé et coulé par le fond ?

Ce jour-là, je fus le premier à retourner sur la berge. D'abord parce que j'étais épuisé. Mais surtout parce que j'espérais qu'Andy nous aurait rejoints. Hélas, je ne repérai pas son sac au milieu des nôtres, sur le rivage. Par contre, je reconnus parmi les badauds qui se pressaient près de la cabane de Donald une silhouette familière : celle de Jack Charrier. Poussé par la curiosité, j'allai le rejoindre. Le flic examinait ce qui restait de la planche de Van Loos. Il paraissait dubitatif. C'est alors que je notai la présence, à ses côtés, d'un homme corpulent, d'un certain âge, vêtu d'une chemise à fleurs.

– Eh bien ? demandait l'inconnu à Charrier.

– Que voulez-vous que je vous dise, shérif ? À présent, pour boucler cette vilaine histoire, il faut attendre que la marée rejette le corps de Vincent Van Loos.

– Vous ne le retrouverez jamais ! lança une voix dans le groupe qui se reformait près de la cabane.

– Ah bon ? grogna le shérif. Qu'est-ce qui vous fait croire ça ?

Le touriste si sûr de lui, un barbu d'une quarantaine d'années, semblait être devenu le porte-parole des estivants. Ceux-ci, de plus en plus nombreux, se massaient autour des deux policiers.

– Parce qu'à ma connaissance, depuis le début du mois de décembre, ce surfeur est le quatrième à s'être fait emporter ! Et aucune des victimes n'a jamais reparu à la surface !

Dans le groupe, plusieurs voix approuvèrent. Quelqu'un jeta :

– Quelle mesure comptez-vous prendre, shérif ?

– Notre sécurité n'est plus assurée ! lança quelqu'un d'autre. Demain, je rentre à Sydney avec ma famille.

Donald jaillit de la cabane. Il leva les mains dans un signe d'apaisement ; personne ne prêta attention à lui.

Trop contents d'avoir deux responsables sur place, les vacanciers reportaient sur eux leur mécontentement. Je saisis le bras de Donald et lui chuchotai :

– C'est vrai que Van Loos n'est pas le premier surfeur à disparaître ?

– C'est le quatrième accident ce mois-ci.

Je remarquai sur le visage du maître de baignade les traces d'une fatigue profonde, peut-être même celles d'une douleur qu'il tentait de dissimuler. Il eut un geste évasif :

– Un petit malaise... Ne t'inquiète pas, ça va passer.

– Et l'océan n'a jamais rejeté les corps de ces surfeurs ?

– Oh, ils peuvent avoir été déportés très loin, à cause des courants.

– Pourquoi ne nous as-tu pas prévenus, Clovis, Andy ou moi ?

– Andy était au courant. Écoute, Manu, tu n'es là que depuis le début de la semaine...

Je vis bien que Donald, en bon sportif, essayait de rejeter sa souffrance. Prenant sur lui, il grimaça :

– Et puis je n'allais quand même pas gâcher tes vacances en évoquant ces noyades ! Tu sais que le surf est un sport dangereux, Manu. Comme la spéléologie ou l'alpinisme.

De son côté, le porte-parole des estivants montait le ton :

– Si vous ne prenez aucune disposition, shérif, notre délégation ne se contentera pas d'un entretien avec le maire ! Nous irons plus loin. Nous ferons fermer cette plage !

– D'accord. Vous exigerez aussi que soient interdites les routes sur lesquelles ont eu lieu des accidents, je suppose ?

Le malaise de Donald semblait dissipé. Il s'efforçait de disperser la foule. Il le faisait avec une hargne évidente ; et je vis bien que son mécontentement n'était pas seulement dû à son indisposition passagère.

– Pas facile de négocier avec tous ces touristes exigeants, hein ? lui dis-je en esquissant un sourire auquel il ne répondit pas.

– Ce ne sont pas des touristes, grommela-t-il à voix basse, mais de simples consommateurs venus ici chercher leur petite provision d'émotion et de soleil ! Vois-tu, Manu, ajouta-t-il en désignant la ville, ce pays était autrefois un monde neuf à modeler. Mais voilà : il a été transformé en décor de cinéma ! Ceux qui le fréquentent veulent vivre les mêmes vertiges que le héros d'un film... mais ils exigent que leur sécurité soit assurée, au même titre que celle d'un spectateur assis dans un fauteuil !

Trop préoccupé par la disparition inexpliquée de Van Loos, je prêtai peu attention à sa colère. Je m'approchai de Charrier et lui jetai :

– Vous saviez, inspecteur, qu'il y avait déjà eu des accidents ici ?

– Évidemment. Les disparitions précédentes ont fait l'objet de recherches qui n'ont jamais abouti. Voilà pourquoi j'ai été...

Le flic s'interrompit, contrarié, avant de grogner :

– De quoi vous mêlez-vous ? Vous voulez peut-être aussi savoir ce que j'ai trouvé dans la valise de Van Loos ?

– Oh, je ne voudrais pas être indiscret, inspecteur. C'est vous qui menez l'enquête, non ?

Pour la première fois, Charrier eut un vrai sourire. Comme si ses soupçons à mon égard s'étaient définitivement envolés.

– Elle ne contenait rien de particulier, reconnut-il. Si : un agenda avec quelques notes, des rendez-vous. Et surtout deux lettres que j'aimerais que vous me traduisiez...

Le shérif, quant à lui, faisait la morale à Donald :

– ... indispensable que votre surveillance soit plus efficace ! Je ne voudrais pas revivre le cauchemar de l'an dernier !

– Que s'est-il passé ? demandai-je.

Le gros shérif parut étonné de me découvrir.

– C'est Manu Munoz, lui expliqua Charrier. Le témoin de l'accident de ce matin. Un jeune Français en vacances.

– Il y a déjà eu beaucoup de noyades, par ici ? insistai-je.

Le shérif ne répondit rien. C'est Charrier qui révéla :

– Oui. Douze surfeurs ont disparu corps et biens l'an dernier entre le 13 et le 30 décembre. C'est ce que j'ai appris en arrivant ici cet été.

Tout à coup, je comprenais l'inquiétude des vacanciers. Et les questions insistantes de l'inspecteur, ce matin même.

– Douze disparitions à *Surfers Paradise* ? répétai-je en me tournant vers Donald.

– Eh, je n'y suis pour rien moi ! se défendit-il. Je n'étais même pas là à cette époque ! J'ai été embauché au début du mois.

– Manu ? me lança Charrier en s'éloignant. Vous pourrez passer au poste, ce soir, pour me traduire le courrier de Van Loos ?

Le shérif suivit l'inspecteur, me laissant seul avec Donald. Ce dernier promenait un regard sombre sur la plage qui commençait à se vider.

– Au fait, me dit-il soudain, Andy n'est pas venue aujourd'hui ?

Je lui expliquai ce qui s'était passé. La détresse d'Andy, son courage. Donald restait songeur, préoccupé. J'en fus irrité.

– Eh, Donald... tu m'écoutes ? À quoi penses-tu ?

Il parut surgir d'un rêve éveillé.

– Je pense qu'il y a trente kilomètres de côtes... bougonna-t-il. Je pense que nous sommes une centaine à les surveiller et que ces disparitions ont toutes lieu dans mon secteur !

Clovis, au large, était l'un des derniers à surfer. Donald ne le quitta pas des yeux jusqu'à ce qu'il revienne sur le sable.

CHAPITRE 4

Qui est Kéo ?

Ce soir-là, Andy ne réapparut pas sur la plage. Rentré à l'hôtel, je l'appelai chez elle mais il n'y avait personne. Sans doute était-elle restée au chevet de sa mère, à l'hôpital.

Il était vingt heures quand je me rendis au poste de police. Charrier était encore là. Il m'offrit du café, me tendit le fameux courrier. C'étaient deux lettres d'une certaine Ida Peeters, datées des mois d'août et de novembre. La première, un recto-verso rédigé d'une main ferme, expliquait à Vincent pourquoi il était plus raisonnable qu'ils se séparent. Dans la seconde, moins sèche, presque sereine, Ida déclarait en substance : *Je suis très contente que tu aies tourné la page et que ta vie prenne un nouvel élan. À l'occasion, tiens-moi au courant de ce projet.*

– C'est tout ? me demanda Charrier, déçu.

À mes yeux, c'était clair : après avoir digéré sa rupture avec son amie, Van Loos avait décidé de changer d'air. Je suggérai :

– Peut-être avait-il trouvé du travail en Australie ? Peut-être voulait-il s'installer ici ?

– Non, affirma Charrier. Je me suis déjà renseigné au bureau de l'immigration. D'ailleurs, ajouta-t-il en ouvrant un dossier sur son bureau, j'ai fini par retrouver son billet de retour pour Bruxelles.

– Il avait donc l'intention de rentrer ?

– Pas nécessairement. Il lui fallait un aller-retour. L'Australie, c'est comme les États-Unis, Manu : on ne vous laisse pas y entrer si l'on n'est pas certain que vous en repartirez... Dites-moi, accepteriez-vous d'appeler cette Ida Peeters au téléphone ?

J'eus envie de répondre qu'il pouvait bien le faire lui-même. Mais Charrier ne parlait pas un mot de français.

– Bien, soupirai-je. Que voulez-vous que je lui demande ?

– Annoncez-lui la disparition de Van Loos. Tâchez d'obtenir les coordonnées de ses parents. D'avoir des détails sur sa famille. Sa vie personnelle. Et surtout sur ce projet dont il parle dans sa lettre.

– Vous avez le numéro, inspecteur ?

– Arrêtez de me donner de l'inspecteur à tout bout de champ. Appelez-moi Jack. Le numéro ? Non, je ne l'ai pas, évidemment. Demandez-le aux renseignements internationaux.

Ce fut vite fait, grâce à l'adresse figurant au dos des deux lettres. Mais au moment de composer le numéro, j'hésitai :

– Elle dort peut-être ! Quelle heure est-il à Bruxelles ?

– Avec les neuf heures de décalage, estima-t-il en consultant sa montre, il doit être onze heures du matin. Vous avez carte blanche, Manu ! acheva-t-il en me tendant le téléphone de son bureau.

Je tombai d'abord sur un répondeur qui me renvoya à un autre numéro. Sans doute celui du lieu de travail de la jeune femme. Là, on décrocha tout de suite. Je ne sais pas très bien pourquoi, mais j'avais le cœur battant. Je balbutiai :

– Mademoiselle Ida Peeters ? Excusez-moi de vous déranger. Voilà : je vous appelle d'Australie. Je me trouve dans un poste de police et je me fais l'interprète d'un inspecteur qui se trouve à mes côtés. J'ai une mauvaise nouvelle à vous annoncer, mademoiselle : Vincent Van Loos, en faisant du surf, a été victime d'un accident. Nous aimerions joindre sa famille. L'inspecteur souhaiterait aussi avoir des renseignements sur lui... Oui. Je m'adresse à vous parce que nous avons trouvé dans sa valise du courrier à votre nom.

Au bout du fil, Ida Peeters exprima de la tristesse. Puis du regret. J'insistai pour avoir le maximum de renseignements sur la vie de son ancien ami. Elle me les donna sans rechigner, se livrant davantage que je ne l'avais espéré. La conversation dura bien une demi-heure.

En raccrochant, je m'aperçus que je n'avais pas pris de notes.

– Mission accomplie, Jack ! dis-je à Charrier. J'espère que je ne vais rien oublier. Mais je crains que vous ne soyez encore déçu...

– C'est surtout le projet de Van Loos qui m'intéresse.

– Il n'a rien révélé de plus à son ancienne amie que ce qu'il lui disait dans sa lettre. Ce projet, c'était un voyage qui allait donner un sens à sa vie. Il n'avait même pas précisé à Ida Peeters qu'il s'agissait d'un séjour en Australie.

– Autrement dit, chou blanc !

– Quant aux parents de Van Loos, sa personnalité, sa vie...

– Je crois savoir. Il n'avait plus de famille, n'est-ce pas ? On ne lui connaissait pas d'amis ? Et il venait sûrement d'être licencié ?

Je restai abasourdi. Un instant, je me demandai si le policier n'avait pas compris notre conversation. Je balbutiai :

– C'est presque ça. Comment le savez-vous ?

– Je vous expliquerai. Alors, qu'avez-vous appris ?

– Van Loos avait quinze ans quand ses parents sont morts dans un accident de voiture. Son caractère ombrageux l'a empêché de nouer de vraies amitiés. Il était ingénieur chimiste et a donné sa démission en juin dernier. Il ne travaillait plus depuis six mois. Le seul indice que m'a donné Ida Peeters est le nom d'un psychiatre. Van Loos était en analyse depuis trois ans. Voulez-vous que j'appelle ce médecin ?

– Inutile. Il se retranchera derrière le secret professionnel et il ne nous apprendra rien.

Saisi d'une idée un peu folle, je lançai à Jack :

– Je crois savoir... Les surfeurs qui ont disparu, ils

avaient le même profil, n'est-ce pas ?

– Bien déduit, Manu. C'est exact. Je ne suis pas étonné du portrait de Van Loos qu'Ida Peeters vous a livré.

– C'est fou ! Finalement, tout ça se tient, non ?

– Oui. Sauf que rien là-dedans n'éclaire ces disparitions.

Une nouvelle fois, j'eus une intuition qui me parut subtile :

– Imaginez que tous les disparus aient pu se connaître ! Qu'ils...

– Raté, Manu. J'ai vérifié, là aussi. Parmi les douze surfeurs de l'an dernier se trouvaient sept femmes et cinq hommes. Trois Australiens et neuf touristes américains ou européens. Ils logeaient dans différents hôtels, à *Surfers Paradise* ou dans les environs immédiats. Mais je n'ai pu trouver aucun lien entre eux.

– Si : le lieu, puisqu'ils ont disparu ici.

– D'autres noyades se sont produites sur la *Gold Coast*, ce mois-ci comme l'hiver dernier. Mais neuf fois sur dix, on a retrouvé et identifié les corps. Croyez-moi, Manu, j'ai déjà bien travaillé sur ce dossier. Tenez, pourriez-vous jeter un coup d'œil là-dessus ?

C'était l'agenda de Van Loos. Un modèle étudiant

Quo Vadis, de septembre à septembre. Je le feuilletai. De nombreuses pages étaient vides. Sur d'autres, le Belge avait entouré une heure de rendez-vous. Noté un achat. Ou le titre d'un film qu'il était allé voir. À la date du 6 novembre, je repérai : *courrier : impôts, facture téléphone, Ida P.*

– Vous avez vu, Jack ? Ce jour-là, il a écrit à son ancienne amie.

– J'ai vu. Ça concorde puisqu'elle lui a répondu la semaine suivante. Regardez le tampon de la seconde enveloppe.

Il était daté du 13. Intrigué, je me reportai aux derniers jours de l'agenda. À la date du 19 décembre, Van Loos avait reporté les horaires et le numéro du vol de son avion pour Sydney. Le 20, il avait seulement noté : *hôtel Bellevue. Chambre 44. Plage*.

À la date du 21, un seul horaire, 10 h, était entouré avec, en regard : *R.V. Kéo*. Rien au 22 ni au 23. Le 24, Van Loos avait griffonné en bas de page : *réveillon de Noël au Bellevue*. Et à la page du 25 décembre, la veille de sa disparition, figurait une nouvelle fois le message laconique *R.V. Kéo*, avec, en regard, le chiffre de 15 h entouré.

C'était tout.

Je consultai les pages suivantes. Elles étaient vierges.

– N'insistez pas, m'interrompit Charrier. Il n'y a plus rien, j'ai vérifié. Étrange, n'est-ce pas ?

– Qu'est-ce que vous trouvez étrange, Jack ?

– À la place de Van Loos, j'aurais au moins indiqué sur ce carnet, à la date du 29 décembre, l'heure et le numéro du vol de mon retour. Et aussi mon emploi du temps pour le réveillon du 31. Je peux vous montrer mon agenda, Manu. Il y figure, pour l'année prochaine, des tas de renseignements. Par exemple un anniversaire à souhaiter. Les dates de mes vacances. L'intitulé d'un stage que je dois effectuer à Brisbane durant trois jours, en février prochain... Sur l'agenda de Van Loos, rien au-delà du 25. Comme s'il avait décidé d'arrêter tout projet à la date d'hier matin.

– Vous savez qui est ce Kéo ? demandai-je.

– J'attendais que vous m'en parliez, Manu. Que signifie R.V. ?

– Ce sont les initiales du mot *rendez-vous*. Van Loos avait rendez-vous avec un certain Kéo, cette semaine.

– Et bien sûr, vous ignorez qui est ce Kéo ?

– Jamais entendu parler. Un client de l'hôtel ?

– Non. Je me suis déjà renseigné.

Je lançai à Jack un regard de reproche. Il faisait l'âne

pour avoir du son, ne m'interrogeait que pour obtenir des confirmations. Il ajouta en baissant la tête :

– Et dans la ville de *Surfers Paradise*, je n'ai trouvé aucun abonné au téléphone du nom de Kéo. À mon avis, c'est un prénom. Peut-être celui d'une femme. Avez-vous aperçu Van Loos en compagnie de quelqu'un ? Tâchez de vous souvenir.

Oh, je m'en souvenais très bien : les rares fois où j'avais aperçu Van Loos, il était seul.

– Pouvez-vous joindre les renseignements en Belgique ? insista Charrier en me tendant à nouveau le téléphone. J'aimerais savoir s'il n'existe pas, à Bruxelles, quelqu'un répondant au nom de Kéo.

– À Bruxelles ? Pourquoi Bruxelles ?...

– Regardez bien. La première fois, vous n'avez pas tout vu.

Charrier ouvrit l'agenda à la date du 3 novembre. Puis à celle du 16 décembre. À ces dates-là, Van Loos se trouvait à Bruxelles. Et à chaque fois, Van Loos avait noté sur la page : *tél. Kéo.*

– Dommage, ajouta l'inspecteur, qu'il n'ait pas précisé le numéro ! Mais je compte sur vous pour le dénicher.

La réponse des renseignements fut rapide : aucun Kéo à Bruxelles ni dans sa banlieue.

– Dommage, soupira Charrier. Ce Kéo est sans doute la clé qui me manque.

– Qu'est-ce qui vous fait croire ça ?

– Le premier contact avec ce mystérieux correspondant, le 3 novembre, est décisif. Car trois jours plus tard, le Belge écrit à son ancienne amie en lui révélant que sa vie va prendre *un nouvel élan*. Il a en tête *un projet.* Et c'est ce même jour qu'il vide pratiquement son compte... Voyez !

Charrier extirpa de son dossier un relevé bancaire ainsi que le billet de retour du surfeur disparu. Il me désigna, sur un autre feuillet, l'adresse de l'agence de voyages et la date à laquelle il s'était procuré le billet : le 6 novembre, en effet.

– À mes yeux, c'est clair, conclut Charrier. Cet automne, à Bruxelles, Van Loos a contacté ce Kéo par téléphone à deux reprises. Et il l'a rencontré deux fois ici : le 21 et le 25 de ce mois.

– Le 25, c'était hier, murmurai-je.

– J'aimerais beaucoup rencontrer ce Kéo, poursuivit l'inspecteur comme pour lui-même. C'est sûrement l'un des derniers à s'être entretenu avec notre surfeur avant qu'il ne disparaisse. Et je donnerais très cher pour savoir ce qu'ils se sont dit...

CHAPITRE 5

Une surfeuse bien mystérieuse

Ce soir-là, Andy m'appela à l'hôtel Bellevue tandis que nous étions en train de dîner, Clovis et moi. L'état de sa mère ne s'était pas amélioré. J'insistai pour venir, elle refusa.

– Je suis épuisée. Je préfère passer te voir demain matin, avant de me rendre à l'hôpital. Je n'irai travailler que l'après-midi.

– D'accord. Je t'attendrai dans le hall de l'hôtel ?

– Non. Je préfère te retrouver sur la plage. À quelle heure ?

– Quand tu pourras. J'y serai... dès six heures, comme aujourd'hui.

Mis au courant, Clovis siffla d'admiration.

– Eh bien, tu es vraiment très attaché à cette fille pour t'imposer un horaire pareil ! À moins que ce ne soit pour être sûr que je ne vous dérangerai pas ?

– Ne dis pas de bêtises ! Tu peux m'accompagner, si tu veux.

– À six heures du matin ? Aucun risque !

Contrairement aux autres jours, ce 27 décembre à l'aube, l'animation était déjà intense sur la plage. L'inspecteur Charrier discutait avec une demi-douzaine de pompiers qui s'apprêtaient à mettre à l'eau un gros canot pneumatique. Je posai sac et planche de surf à l'endroit habituel et j'allai les rejoindre.

Les pompiers embarquaient un équipement de plongée sophistiqué : bouteilles d'oxygène, cordes, matériel photo et caméra étanche... Je songeai que j'aurais pu, moi aussi, emporter ce matin mon appareil photo. Je n'avais aucun souvenir d'Andy et je ne savais pas si nous aurions encore beaucoup l'occasion de nous voir. La cabane de Donald était fermée. Normal : il n'était pas six heures.

– Déjà debout ? me lança l'inspecteur.

– Comme chaque jour ou presque, Jack ! C'est plutôt vous qui êtes anormalement matinal, non ?

– Pour ce genre de recherche, mieux vaut éviter la foule.

– Vous pensez donc retrouver son corps ?

Charrier se rapprocha de moi pour me glisser à l'oreille :

– Ça, c'est la version officielle. En réalité, la mission de ces hommes est d'explorer minutieusement le fond, à l'endroit où le surfeur a disparu hier. C'était bien ici, au large, n'est-ce pas ?

Je tentai de me repérer.

– Oui. À trente mètres près. Mais qu'espérez-vous trouver ? Un sous-marin ? Un tunnel ? Une grotte secrète enfouie sous la mer ?

– Je sais, ça paraît absurde. Mais il y a bien une explication. C'est peut-être en examinant le lieu où tous ces gens ont disparu que nous la trouverons.

Tandis que les hommes s'équipaient, je songeai qu'Andy n'arriverait sûrement pas avant un bon quart d'heure. J'avais le temps de filer à l'hôtel pour y prendre mon appareil.

Je me mis à courir dans le sable pour rejoindre le

boulevard de la Mer. Sur le trottoir, en longeant les voitures en stationnement, j'aperçus une jeune femme en maillot de bain une pièce, occupée à enlever les sangles qui retenaient sa planche de surf arrimée sur un gros 4 x 4 noir. Tout en poursuivant mon chemin à petites foulées, un déclic se produisit dans mon esprit. Cette planche était d'un étrange noir luisant, presque métallique avec, sur les bords, deux longues bandes parallèles d'un violet fluorescent.

Je ralentis l'allure. J'aurais juré que cette planche, d'une longueur inhabituelle, était la même que celle sur laquelle j'avais vu évoluer Van Loos la veille. Comment savoir ?

Je m'arrêtai ; et la jeune femme suspendit son geste en se tournant vers moi. Elle se demandait sans doute pourquoi je l'observais, et si nous nous connaissions. Juste avant de détourner mon regard, je remarquai que l'aile avant gauche du véhicule était cabossée. De peur d'être ridicule, je fis semblant de reprendre un footing interrompu. L'hôtel n'était plus très loin. Mais dans mon esprit troublé se bousculaient mille questions.

Je murmurais à voix basse :

– Il n'y a sûrement aucun rapport. Tu as dû confondre. Après tout, qu'est-ce qui empêche cette fille de faire du surf avec une planche identique à celle de Van Loos ? Ici, c'est peut-être un modèle courant...

Négligeant l'ascenseur, je grimpai les étages quatre à quatre, entrai dans ma chambre, m'emparai de mon appareil photo et redescendis l'escalier deux fois plus vite que je ne l'avais monté.

Revenu sur le boulevard de la Mer, je me mis à courir à perdre haleine. Je m'accusais de négligence. Tout à l'heure, j'aurais dû épier les faits et gestes de cette jeune femme, la suivre sur la plage sans la quitter des yeux.

En passant près de sa voiture, je remarquai qu'il s'agissait d'un véhicule de location. Pas question de m'arrêter. Je fis irruption sur la plage et clignai des yeux, ébloui par le soleil. Tout en courant sur le sable, mon regard embrassait l'horizon. Je repérai, au large, le canot ballotté par la houle, et dans lequel Charrier, en équilibre instable, aidait les hommes-grenouilles à se mettre à l'eau. Et soudain, j'aperçus la surfeuse : loin, très loin de l'embarcation des pompiers, elle évoluait vers la côte, portée par une vague peu puissante.

Je poussai un soupir de satisfaction. J'aurais, je crois, été très déçu si je ne l'avais pas retrouvée. Peut-être aurais-je craint d'avoir rêvé.

Je m'assis sur le sable, bien décidé à ne pas la perdre de vue. Jugeant qu'elle n'avait pas pris une bonne vague, elle s'était laissée couler. Puis elle s'était élancée vers le large d'un crawl régulier et puissant.

– C'est absurde. Qu'est-ce que tu espères, hein ? Qu'est-ce que tu attends ?

Néanmoins, je braquai mon objectif vers l'océan et réglai mon zoom de façon à avoir la surfeuse en plan rapproché. Je ne prendrais de photo que lorsqu'elle se serait redressée sur sa planche. Je repensai à Andy...

Je regardai du côté du boulevard de la Mer. Non, elle n'était pas en vue, sans doute viendrait-elle plutôt vers sept heures.

Je reportai toute mon attention vers la surfeuse. Parvenue au large, immobile et allongée sur sa longue planche sombre, elle semblait guetter une bonne vague. C'est au moment où elle se rétablissait que j'entendis la voix de Donald me héler :

– Manu !

Contrarié, je me tournai rapidement pour lui adresser un signe amical de la main. Mais Donald continuait à me parler de loin.

Cette fois, la vague était bonne – très bonne ! Poussée par le mouvement du flot, la surfeuse se mit à évoluer à grande vitesse, les bras légèrement levés. Au-dessus d'elle, telle une gueule prête à la dévorer, la vague se dessinait, immense, affinant une crête d'écume qui n'allait pas tarder à l'écraser...

– Manu ! C'est quoi ce canot, là-bas ?

Je ne répondis pas à Donald qui me rejoignait à grands pas sans cesser de m'apostropher. Et presque aussitôt, j'assistai au plus fascinant phénomène qu'il m'eût jamais été donné d'observer : *la surfeuse et sa planche parurent se diluer.* S'effacer. Oui, en moins de deux secondes, leur silhouette s'effilocha, comme une image qu'une main invisible eût gommée !

J'étais si décontenancé que je pris la photo sans doute deux dixièmes de seconde trop tard : au moment où ne subsistait plus, au cœur du rouleau liquide, qu'un vague profil, le contour à peine identifiable d'une forme humaine perchée sur une langue d'ombre.

Déjà, le bouillonnement de l'eau noyait ce qui me semblait avoir été une vision. Une main se posa sur mon épaule, je la rejetai avec agacement. Surpris, Donald me demanda :

– Eh, Manu, ça va ? Dis-moi, qu'est-ce que ce canot... ?

– Attends. Là-bas, Donald, regarde ! Cette vague qui vient de s'écraser...

– Oui. Eh bien ?

– Elle vient d'engloutir un surfeur. Une fille.

– Tu es sûr ? fit Donald en mettant sa main en visière au-dessus de ses yeux. Tu as dû te tromper, je ne vois rien.

– Évidemment ! m'écriai-je. Elle a disparu avant même que la vague ne tombe sur elle.

– Comment ça, disparu ?

– Elle s'est évanouie dans l'air ! Exactement comme... comme une bulle de savon. Non : comme une image qui s'efface sur un écran. Et c'est sûrement ce qui est arrivé à Van Loos ! Voilà pourquoi on n'a jamais retrouvé son corps !

J'étais dans un état d'excitation inconcevable. Donald me saisit par le bras :

– Doucement, Manu. Calme-toi. Je me demande si... écoute, je ne veux pas mettre ce que tu dis en doute mais il me semble...

– Que crois-tu ? Que j'ai rêvé ? Que j'ai des visions ? Que j'ai attrapé un coup de soleil ?

– Mais non, fit-il en écartant les mains dans un signe d'apaisement. J'espère que tu as pu te tromper, c'est tout ! D'ailleurs en arrivant sur la plage, je n'ai vu personne. Sauf ce canot, au large...

– C'est l'inspecteur Charrier et les pompiers.

– ... et aussi tes affaires posées sur le sable, acheva Donald en désignant ma propre planche.

– J'attendais Andy. Je suis retourné à l'hôtel chercher un appareil photo. Et je devrais avoir pris un cliché qui montre... ah, Donald, il faut donner l'alerte !

– L'alerte ?

– Oui : cette surfeuse qui vient de disparaître ! Ça tombe bien, Charrier est déjà sur place. Nous devons le rejoindre, le prévenir...

Le maître de baignade se redressa. Sa mine perplexe contrastait avec sa stature d'athlète. Je ne l'avais jamais vu si embarrassé.

– En admettant que tu aies raison, murmura-t-il, donner l'alerte ne changera pas grand-chose...

– Comment ça, *en admettant que j'aie raison* ? Mais je te jure...

– Avoue que ça paraît incroyable, cette explication !

– Peut-être. Mais c'en est une. Et puis c'est la vérité ! J'ai vu cette surfeuse disparaître, Donald, tu m'entends ? D'ailleurs regarde : elle ne réapparaît pas.

– Exact. Sa planche non plus.

Il eut une moue un peu narquoise. Évidemment, s'il était persuadé que j'avais eu la berlue, ne rien voir remonter à la surface était normal.

– D'accord, fit-il enfin dans une grimace. Nous allons prévenir Charrier. Et entreprendre des recherches. Mais il y a fort à parier que les pompiers ne trouveront rien.

Sa lenteur et son indécision m'exaspéraient. Craignait-il de perdre sa place ? De se faire passer un savon par le shérif ? D'être accusé de négligence par les estivants et leur comité ?

Arrivé à proximité de sa cabane, Donald me demanda de l'aider à pousser jusqu'à la grève son petit canot ; il l'utilisait souvent pour rejoindre des planchistes ou des baigneurs en difficulté. J'essayai de prévenir l'inspecteur en lui adressant de grands signes. Peine perdue. Il ne regardait pas de notre côté et le ressac devait l'empêcher de nous voir sur la plage.

Il nous fallut un bon quart d'heure pour approcher l'esquif des pompiers, dans lequel deux plongeurs attendaient, la tête penchée vers leurs camarades qui évoluaient à quelques mètres de profondeur. Dès que nous fûmes à portée de voix, l'inspecteur nous lança :

– Pourquoi venez-vous ? Il n'y a rien à voir !

– Un nouveau surfeur vient de disparaître, Jack ! hurlai-je entre le mugissement de deux ressacs.

Charrier blêmit, fronça les sourcils. Il interrogea du regard Donald qui approuva en grimaçant. Se tournant vers les hommes-grenouilles, il brailla :

– Poursuivez vos recherches sans moi ! Je rentre !

Après quoi il fallut hisser l'inspecteur dans notre canot. Une opération qui l'obligea à se mettre à l'eau et même à boire plusieurs fois la tasse. Tandis que Donald nous rapatriait à terre, je lui résumai la scène à laquelle j'avais assisté. Il me regardait, incrédule, bouche bée.

– Je sais que ça paraît incroyable, Jack ! C'est pourtant ce que j'ai vu. J'ai d'ailleurs pris une photo.

Parvenu sur la grève, j'emmenai Charrier à l'endroit où la surfeuse avait dû se mettre à l'eau.

– Ça s'est passé à deux cents mètres au large, affirmai-je.

– Une surfeuse ? répétait Charrier, dubitatif. Mais qui, exactement ?

– Je l'ignore. Je suis sûr de ne l'avoir jamais vue auparavant.

– Avez-vous retrouvé ses affaires, sur la plage ?

Non, nous n'avions pas encore pris le temps de les chercher.

Jack et moi avons longuement arpenté le sable. J'allai interroger les plagistes qui commençaient à installer parasols et matelas. Ils n'avaient rien remarqué. Quand la surfeuse était sur l'eau, ils n'étaient pas encore arrivés. Je retrouvai Jack près de la cabane de Donald. Il n'y était pas et nous rejoignit quelques minutes plus tard.

– Quand vous l'avez vue, me demanda-t-il, avait-elle un sac ? Des vêtements ? Peut-être n'est-elle venue ici qu'avec sa planche ?

– Suis-je bête ! m'exclamai-je en me frappant le front. Sa voiture ! Bien sûr ! Elle a laissé sa voiture garée tout près d'ici !

Je fonçai jusqu'au boulevard de la Mer, Charrier et Donald sur mes talons. Il était sept heures. La circulation commençait à se faire plus animée. Je parcourus le trottoir sur deux cents mètres, hésitai, revins sur mes pas en expliquant :

– Bon, nous avons été trop loin, le véhicule est de l'autre côté. Je le reconnaîtrai facilement : c'est un gros 4 x 4 noir. Il a une aile avant enfoncée...

Mais après dix allers et retours, je dus me rendre à l'évidence : la voiture n'était plus là.

CHAPITRE 6

Manu mène l'enquête

Andy arriva peu après. Je lui résumai les événements troublants que je venais de vivre. Ce qui me contrariait était moins la disparition sous mes yeux de cette inconnue que le départ de son véhicule !

– Cette fille s'est peut-être fait conduire jusqu'ici, me suggéra Andy. Et la personne qui l'a accompagnée est repartie.

– Je ne crois pas. Elle était seule avec cette voiture.

– Alors peut-être a-t-on volé ce 4 x 4 ?

– Allons, Andy ! Ce serait un hasard bien extraordinaire.

Elle soupira, ébaucha un geste vers moi ; mais elle y

renonça en me voyant si perturbé. C'est alors que je remarquai sa tristesse. Je la saisis par les épaules et me confondis en excuses.

– Andy... pardonne-moi. Ce que je viens de voir est tellement fou ! Je suis encore sous le choc, tu comprends ?

– Moi aussi, je suis encore sous le choc, répondit-elle en essayant de me sourire. Et je me dis que notre temps est compté, Manu.

Elle avait raison : elle devait aller voir sa mère. Et dans cinq jours, je reprendrais l'avion pour Paris. Au lieu de profiter de ce sursis, j'accaparais son attention avec des événements étrangers à ses préoccupations.

Elle se leva et regarda d'un œil absent l'océan et les estivants qui envahissaient la plage. Andy avait beau habiter ici, son quotidien se situait à mille lieues de ce piège à touristes. Elle m'avait confié détester cette ville de carte postale, elle avait l'impression d'évoluer parmi des décors et des figurants.

– Je t'accompagne à l'hôpital, décidai-je.

– Non. Reste ici, Manu. Vraiment. D'ailleurs Charrier va avoir besoin de toi. Et que dirait Clovis s'il ne te trouvait pas ? Je travaille à la pizzeria à quatorze heures. Nous nous verrons à ce moment-là.

Elle me laissa sur la plage, désemparé.

Charrier avait regagné le poste de police pour lancer un avis de recherche. Donald, les yeux rivés sur ses jumelles, explorait inlassablement l'océan. Je n'avais plus le cœur à faire du surf. J'étais déchiré entre Andy que j'allais bientôt perdre et ces disparitions inexplicables.

Clovis arriva vers neuf heures. Je lui expliquai ce qui s'était passé. Il m'écouta attentivement, marqua à peine un peu de surprise ; il acceptait l'impossible avec le détachement qui lui était coutumier. En saisissant résolument sa planche, il déclara :

– Tu vas constater, Manu, que j'ai du cran. Car malgré tout ce que tu viens de m'apprendre, je vais affronter un gros risque ! Eh oui, je vais aller surfer. Mon courage est admirable, non ?

Il se dirigea vers l'océan en faisant semblant de rouler les épaules. Quelle était dans son attitude la part de jeu, d'indifférence ou de vrai défi ?

Charrier me rejoignit peu avant dix heures en se frayant un chemin parmi les gens qui se bronzaient sur le sable. Avec sa salopette qui tenait autant de la panoplie du bricoleur que de la combinaison du pilote de course, il était devenu en moins de deux jours un personnage presque populaire. Il s'accroupit à mes côtés et me confia à voix basse :

– Rien de neuf. Aucune disparition n'a été signalée. Je me demande qui était cette fille. Je n'ai pas encore prévenu le shérif...

Il s'interrompit comme s'il avait attendu de ma part un conseil sur la marche à suivre. Je me mettais à sa place. Ce nouveau coup dur n'allait pas arranger ses affaires. Révéler la vérité risquait d'entraîner la panique – et nous faire passer tous deux pour des illuminés. Mais ne pas rédiger de rapport serait une faute professionnelle grave. Il me demanda pourquoi je ne surfais pas avec Clovis. Et ce que je comptais faire.

– Je n'ai pas l'intention de bouger d'ici, Jack. Sauf pour aller porter ma pellicule à développer. Si vous ne me trouvez pas sur la plage, je serai à la pizzeria. Et ce soir à l'hôtel.

Il approuvait en lissant d'une main sa courte barbe ; de l'autre, il tournait et retournait entre ses doigts un bâton de réglisse tout neuf qu'il ne se décidait pas à entamer.

Je lui lançai :

– Craignez-vous que je disparaisse, moi aussi ? Ou que je prenne le premier avion pour Paris ?

Il haussa les épaules. Il transpirait et devait se sentir mal à l'aise au milieu de ces gens à moitié nus.

Il s'éloigna à regret.

Resté seul, je ruminai. J'avais l'étrange impression que Charrier en savait un peu plus que moi. Et que j'étais devenu un instrument à son service. Du coup, j'eus très envie de le doubler. D'enquêter pour mon compte avec les maigres renseignements dont je disposais. Mais l'énigme résistait.

À force de remuer toutes sortes de déductions, à force de forger de multiples hypothèses, je finis par me raccrocher à un indice que j'avais négligé :

– La voiture ! C'était un 4 x 4 de location...

En trois minutes, je rejoignis la pizzeria du boulevard de la Mer. Je réclamai à Leslie les annuaires du district de *Surfers Paradise* et consultai les pages des agences de location de voitures. Il y en avait une bonne centaine ! Normal, dans cette immense station balnéaire où les touristes arrivaient le plus souvent en avion, en car ou en train. Téléphoner ? Inutile, la plupart des agences devaient louer ce genre de véhicules. Je demandai à Leslie de m'indiquer les établissements les plus proches. J'espérais y dénicher le 4 x 4 que j'avais aperçu ce matin. Savoir qui l'avait loué me livrerait sûrement un indice majeur.

Je passai le reste de la matinée à me rendre dans les

agences voisines. Sans résultat. Aucun 4 x 4 noir n'avait été restitué. Une nouvelle fois, je me demandai qui avait pu utiliser ce véhicule après que la surfeuse l'avait abandonné.

Je regagnai la plage peu avant quatorze heures. J'eus la surprise d'apercevoir Clovis et Andy au large, en train de surfer. Je voulus les rejoindre mais ma planche n'était plus là.

– C'est encore moi qui te l'ai empruntée, avoua Andy dès qu'elle revint s'asseoir à mes côtés sur le sable.

Elle était lumineuse sous le soleil.

– Ce matin, je ne pensais pas surfer, expliqua-t-elle. Je suis arrivée en avance, je croyais te trouver.

– Alors j'ai proposé à Andy de me rejoindre dans l'eau, expliqua Clovis avec un sourire espiègle. Je lui ai dit toute la vérité...

– Quelle vérité ?

– Pardi ! Que tu l'avais quittée pour partir à la recherche d'une séduisante surfeuse au volant d'un 4 x 4. C'est bien ça ?

Andy eut la force d'éclater de rire. Elle se sécha à la hâte. Nous rejoignîmes tous trois la pizzeria. À cette heure, les clients étaient nombreux et c'est Leslie qui s'occupa de nous. Comme je m'attardais après le repas, Andy finit par se glisser jusqu'à notre table. Elle se pencha vers moi pour murmurer :

– Manu, inutile de m'attendre. Je n'aurai pas une minute à moi jusqu'à huit heures ce soir. Ensuite, je ferai encore un saut à l'hôpital.

– Ta mère, comment va-t-elle ?

– Ce matin, elle m'a reconnue. Nous avons vécu toutes deux un quart d'heure exceptionnel. Elle m'a même prise dans ses bras. Et puis son regard s'est voilé, elle prononçait des mots sans suite. Et elle a voulu quitter l'hôpital. On a dû lui faire une piqûre...

– On ne se voit donc pas ce soir ?

Elle marqua un temps avant de me déclarer :

– Si. J'ai très envie de te voir, Manu. Mais je ne pourrai sûrement pas venir avant dix heures.

– Comment faire ? On se retrouve à l'hôtel ?

– Non, fit-elle en rougissant un peu. Il y a trop de monde. Je préfère que nous nous voyions sur la plage. Nous y serons plus tranquilles.

– C'est ça ! bougonna Clovis. Dis plutôt que je vous dérange !

Il désigna les nombreux clients attablés tout près de nous et ajouta avec un rien de provocation :

– Avoue que tu ne veux pas dire à Manu, devant témoins, que tu l'aimes !

Alors, son plateau toujours en mains, Andy se tourna vers moi. C'est d'une voix forte et tranquille, en me regardant droit dans les yeux, qu'elle me dit :

– Je t'aime.

C'était la première fois.

CHAPITRE 7

Et Andy disparaît...

– Maintenant, me dit Clovis, je sais pourquoi le surf me fascine.

On était au cœur de l'après-midi, ce même 27 décembre. Clovis m'avait convaincu de renoncer à mes recherches. Lui et moi venions de passer une heure extraordinaire dans l'eau. Revenus nous sécher sur le sable, nous goûtions la chaleur du soleil en écoutant la rumeur de l'océan.

C'était l'un de ces moments courts et intenses dont le souvenir reste indélébile. Un bijou à conserver en mémoire.

Je ne répondis pas à Clovis, qui poursuivit :

– Il n'y a pas de meilleure leçon d'équilibre. Ni de façon plus intime d'affronter l'océan corps à corps. Connais-tu un autre sport qui t'oblige à faire face ainsi à l'horizon ?

– Tu oublies que le surf, ce n'est pas nager vers le large. C'est revenir vers la berge.

– Oui. Revenir. Et si possible debout. Mais le surf est à l'image de la vie, Manu : la plupart tombent avant de regagner la plage. Rares sont ceux qui savent se maintenir d'aplomb et jongler avec les éléments.

– Si j'aime le surf, je crois que c'est pour d'autres raisons...

Clovis me lança un regard surpris. Il était rare que je m'exprime ainsi. D'ordinaire, je préférais garder mes réflexions pour moi. Mais Clovis m'avait ouvert la voie. Lui désignant le sable, j'expliquai :

– J'ai l'impression que c'est un moyen de quitter l'enfance. D'abandonner le monde connu pour se risquer vers le futur. Mais bien sûr, cela reste un jeu... Une façon de mesurer ses forces et sa capacité à résister au monde. Comme ces jeunes oiseaux qui s'exercent à battre des ailes avant de prendre vraiment leur envol.

Clovis laissa peser le silence avant de rétorquer, presque désabusé :

– Bah, quoi qu'il arrive, Manu, tu retrouves la terre ferme ! Même si tu tombes, la vague te renvoie toujours sur le continent.

Je songeai aux surfeurs disparus. Eux étaient parvenus à rester debout sans revenir sur la berge. À cette heure, ils étaient sûrement quelque part... Mais où ?

Avec le soir naissant, avec le vent qui faiblissait, les rouleaux devenaient moins puissants. Cela n'empêcha pas Clovis de repartir vers le large. Je crois qu'il voulait moins profiter de ces derniers jours de vacances que des derniers éclats de son enfance. Il savait que, de retour en France, il retrouverait son lycée privé. Ses parents. Et un avenir trop bien balisé.

Les estivants commençaient à déserter la plage. Je les observai attentivement. Je guettais une planche de surf noire avec des liserés violets fluorescents. Comme je l'avais soupçonné, ce modèle était rare. Je ne remarquai aucune planche de ce genre.

Clovis et moi décidâmes de lever le camp peu avant huit heures. En revenant à l'hôtel, je fis un détour par le magasin auquel j'avais confié le développement de mes photos.

Je dus patienter pour les obtenir. Clovis refusa d'attendre.

– Je rentre à l'hôtel, Manu. On se retrouve dans la salle à manger, tout à l'heure, pour dîner ?

Enfin, les photos arrivèrent. Je me précipitai sur la dernière.

Le cliché n'était pas convaincant : sous l'immense vague, on distinguait certes un halo qui, avec un peu d'imagination, pouvait passer pour une forme humaine. Mais cela aurait pu être un reflet. Ou un défaut lors du développement. Ce cliché ne pouvait pas constituer une preuve. Il aurait fallu un film de la scène. Cependant la photo était fidèle ; elle correspondait au souvenir que j'avais de la surfeuse, juste avant que son image se dissipe totalement.

Dépité, je rentrai à l'hôtel. Je m'arrêtai à la réception.

– C'est au sujet de Van Loos. J'aurais voulu savoir... Vous souvenez-vous d'un rendez-vous qu'il aurait pu avoir avec un certain Kéo ?

– Non, m'assura l'employé avec un sourire navré. L'inspecteur Charrier nous a déjà posé la question. Nous n'avons aucun client de ce nom.

– Autre chose, ajoutai-je en essayant de rassembler

mes souvenirs. Vous rappelez-vous de l'emploi du temps de M. Van Loos le 21 décembre au matin ? Est-il resté dans sa chambre ? Parti pour la plage ?

L'employé hésita, appela au téléphone le gérant qui arriva une minute après. Je pris aussitôt les devants :

– Je sais que c'est l'inspecteur Charrier qui est chargé de l'enquête. Il m'a demandé de l'aider. Mais ce n'est pas grave, il viendra lui-même dès demain vous poser toutes ces questions.

– Aucun problème, monsieur Munoz, fit le gérant en manipulant, sur le comptoir, la souris d'un ordinateur. Je ne crois pas commettre d'indiscrétion. Voyons... Le 21, M. Van Loos a demandé à être réveillé à huit heures. Je suppose qu'il est descendu peu après. Il a pris son petit déjeuner ici, c'est certain. Nous n'avons aucun moyen de connaître son emploi du temps par la suite. Mais il a dû arriver vers midi puisque la facture de son déjeuner a été imprimée à 12 h 52.

– Et ce matin-là, vous ne savez pas où il est parti ?

Le gérant consulta du regard l'employé qui risqua :

– Non. Mais je n'ai jamais vu M. Van Loos qu'en tee-shirt, en short et en tennis. Il s'est sans doute rendu sur la plage.

– Puisque vous êtes sur l'ordinateur, puis-je avoir les

mêmes précisions concernant son emploi du temps de l'après-midi du 25 ?

– Le 25, voyons... Oui. M. Van Loos a également déjeuné ici. La note a été enregistrée à 14 h 38.

– 14 h 38... vous êtes sûr ?

Cet horaire me semblait bien tardif pour un déjeuner.

– Certain. C'était le repas de Noël, qui n'est jamais servi avant 13 heures. À cause du réveillon de la veille, vous comprenez ?

Je comprenais. Et ce repas, je m'en souvenais encore, était particulièrement copieux. Personne n'avait dû quitter la table avant deux heures et demie... Van Loos avait donc déjeuné avant-hier à l'hôtel Bellevue, à quelques pas de nous. Mais je n'avais pas fait attention à lui parmi les cent vingt clients de l'établissement.

Je remerciai le gérant et son employé puis rejoignis la salle à manger. Clovis m'y attendait, attablé devant une bière sans alcool. Il me demanda jovialement :

– Alors, la photo de ta mystérieuse surfeuse ?

Je la lui montrai. Il dissimula une moue narquoise.

– Pardonne-moi, Manu. Mais j'ai déjà vu des photos de fantômes bien meilleures que celle-ci.

– Tu as raison. On dirait... une sorte d'ectoplasme, non ?

– C'est exactement ça : un spectre. *L'ensemble des radiations monochromatiques de différentes longueurs d'onde, composant la matière émise ou absorbée par la matière observée.*

– Quoi ? Qu'est-ce que tu viens de me dire ?

– Je t'ai donné la définition d'un spectre, répondit Clovis en finissant sa bière. Au sens physique du terme, bien sûr. Tu sais, je connais plein de théorèmes, lois, proverbes et citations. Tu veux d'autres échantillons ?

– Non, merci. Tu te souviens de ce fameux Kéo à qui Van Loos aurait téléphoné et qu'il aurait même rencontré ici ?

– Oui. Tu m'as parlé de ce Kéo... Et qui est Kéo ?

– Quelqu'un qui doit se trouver tout près d'ici.

– Ah bon ? Et qu'est-ce qui te fait croire ça ?

– Le 21 décembre, Van Loos avait rendez-vous à dix heures du matin avec lui. Et notre Belge a pris son petit déjeuner après s'être fait réveiller à huit heures. Il a dû quitter l'hôtel une heure après. Et il est revenu à midi !

– Cela lui laissait une heure pour se rendre au rendez-vous du mystérieux Kéo. Et au moins autant pour en revenir. En une heure, Manu, on en fait des kilomètres, tu sais ! Van Loos a pu louer une voiture, partir en bus ou en taxi.

– Je ne crois pas. Car avant-hier, il avait à nouveau rendez-vous avec ce même Kéo à quinze heures. Et vingt minutes avant, il se trouvait encore ici.

Je désignai la salle à manger avant d'affirmer :

– Vingt minutes, ça réduit le kilométrage, non ? Et en admettant, comme je le crois, qu'il se soit rendu à son rendez-vous à pied, nous tombons à un périmètre d'un kilomètre et demi.

– Bon, d'accord. Van Loos et Kéo ont même pu se rencontrer dans un bistrot à deux pas d'ici ! Mais cela ne prouve pas que Kéo se trouve à *Surfers Paradise*. Il a pu venir de Sydney. Ou de Paris.

Je faillis ajouter : et même de Bruxelles après tout, puisque c'était là-bas qu'avaient eu lieu les deux entretiens téléphoniques.

– Pourquoi ne passes-tu pas une petite annonce dans les journaux ? dit Clovis en faisant signe au garçon de nous servir. À la page « Rencontre », tu sais ? Tu pourrais aussi placarder chez tous les commerçants une affichette offrant une récompense à...

– Arrête de te moquer de moi, Clovis.

– Écoute, gronda-t-il, de quoi te plains-tu ? En quoi ces disparitions te concernent-elles ? Si j'étais à ta place, Manu, je laisserais Charrier s'occuper de cette affaire. Et j'aurais en tête un autre rendez-vous que celui de ce mystérieux Kéo.

Je rougis. Il avait raison. J'allais voir Andy.

Andy qui quelques heures plus tôt m'avait avoué qu'elle m'aimait. Andy que je retrouverais pour un long tête-à-tête sur la plage. Je regardai ma montre.

– Il te reste une heure, m'informa Clovis. Rassure-toi, j'y pense, moi, à ton rendez-vous. Pour être sûr que tu ne le rates pas, j'ai l'intention de t'accompagner sur la plage et de rester avec vous toute la soirée. J'espère que ça ne te dérange pas ?

Je dus faire une drôle de tête car Clovis éclata de rire.

– Eh, c'était une blague, Manu ! Rassure-toi, je resterai ici. D'ailleurs à dix heures, j'attends un coup de fil de mon père.

Je ne pris même pas de dessert. À neuf heures et demie, je quittai l'hôtel. J'avais emporté mon petit sac à dos qui contenait un peu d'argent et mes papiers, et aussi mon blouson, au cas où la température fraîchirait.

Le boulevard de la Mer, illuminé, grouillait de monde : enfants gavés d'ice-cream, couples flânant enlacés, marchands ambulants de pop-corn, de gaufres ou de colliers luminescents, touristes et badauds à la recherche d'un bar, d'une boîte de nuit ou d'un magasin de souvenirs.

Je jouai des coudes pour gagner la plage, qui me sembla une oasis : quelques enfants et plusieurs amoureux s'y étaient réfugiés, mais ils restaient à proximité de la route. Dès que je me dirigeai vers la grève, le brouhaha se dissipa ; mes yeux se familiarisèrent avec l'obscurité. C'était facile : ce soir-là, le ciel était dégagé et la lune pleine. Son globe se reflétait, écartelé sur l'océan dont les rouleaux venaient mourir sur le sable.

Grâce à la cabane en bois de Donald, j'eus vite fait de me repérer. Je me dirigeais vers la place approximative où Clovis et moi avions coutume de nous installer quand j'aperçus une silhouette qui avançait vers le même endroit.

Andy ? Non. Malgré la distance, je vis bien qu'il s'agissait d'un homme. À cause de sa carrure et de sa démarche. Il portait une longue planche à bout de bras, au-dessus de sa tête, et marchait vers la grève. Il s'arrêta pour poser son fardeau, en veillant à rester à bonne distance de l'eau. Puis il entreprit d'ôter ses vêtements qu'il entassa, avant de se tenir debout face à l'océan.

Ce surfeur nocturne m'intriguait. Comme il occupait le lieu où je voulais aller, je décidai de m'asseoir et de l'observer. J'étais à deux cents mètres de lui. Il ne m'avait sûrement pas vu ; il semblait hésitant et préoccupé. Après avoir scruté l'horizon, il se décida : il abandonna sa planche sur le sable et rejoignit le boulevard de la Mer à grands pas. Je me doutais qu'il allait bientôt revenir. Peut-être avait-il été chercher quelqu'un. Ou voulait-il tout simplement ranger ses vêtements dans sa voiture.

Sa planche retint mon attention : grâce à la lune, elle renvoyait un éclat ténébreux où naissait parfois un fugace éclair violet. Je tentai de calmer l'agitation qui m'avait gagné.

– D'accord, cette planche est un peu longue. Elle ressemble à celle de la surfeuse de ce matin. Mais rien ne prouve qu'elle est noire. Même si elle a un aspect métallique. Ce qui est sûr, c'est que tu te montes la tête...

N'y tenant plus, je ramassai mon sac, mon blouson et je m'avançai vers l'océan. Après tout, aucune loi n'interdisait de marcher, la nuit, le long de la grève. Ni de jeter un coup d'œil sur une planche provisoirement abandonnée par son propriétaire.

Plus j'approchais, plus je sentais que mon intuition était la bonne. Je sus que j'avais raison avant même de le vérifier.

Oui, c'était exactement la même planche. Effilée. Noire. Avec les deux liserés violets. Je posai mes affaires sur le sable pour mieux l'examiner. Je la pris en main et la soulevai. Sa légèreté me surprit, je l'aurais imaginée plus lourde. La matière, également, m'intrigua. Ce n'était pas du polystyrène. Ni du métal. Sans doute l'un de ces nouveaux matériaux composites.

À cet instant, mon cœur battait très fort.

Il me paraissait évident que l'utilisateur de cet objet savait ce qui allait lui arriver. Ce n'était pas par hasard s'il avait choisi de venir ici à cette heure. J'allais enfin comprendre...

À condition que le mystérieux surfeur accepte de m'expliquer.

Au bout de trois minutes, je commençai à m'impatienter. Avant de réaliser l'évidence :

– Il a dû me voir ! Voilà pourquoi il hésite à revenir. Si ça se trouve, il me guette depuis le boulevard de la Mer ;

il attend que je m'éloigne pour agir en toute tranquillité.

La tête en feu, je fis volte-face et remontai lentement en me demandant quelle attitude adopter. Si je partais, j'étais à peu près certain que l'inconnu reviendrait ici, utiliserait sa planche, nagerait vers le large et s'évanouirait dans l'air sous mes yeux. Comme les surfeurs précédents.

Mais si je m'interposais avant qu'il ne s'élance, il me rirait sans doute au nez. Me traiterait de fou. Et il filerait avec sa planche en me plantant ici. Que pourrais-je alors faire ? Le suivre ? Prévenir Clovis ? Alerter Charrier ? Lancer la police à ses trousses... Mais sous quel prétexte ?

J'en étais là de mes réflexions quand j'aperçus quelqu'un quitter le boulevard de la Mer pour gagner la plage.

– Le voilà !

Non, ce n'était pas lui : ce nouvel arrivant était habillé. Au lieu de se diriger vers la planche, il allait droit vers le local du surveillant de baignade. Je m'arrêtai, tous les sens en alerte. Les événements prenaient un tour inattendu. Je ne comprenais plus.

Quand j'entendis un cliquetis familier et que je vis s'ouvrir la porte de la cabane, je sus que ce nouveau venu était Donald ! Et que sa cabane constituerait pour moi un lieu d'observation idéal.

D'un coup d'œil circulaire, je vérifiai que le surfeur n'était toujours pas en vue. Et je piquai un sprint vers la petite hutte en bois. Je m'y engouffrai en aveugle car l'obscurité était totale. À peine y étais-je entré qu'un bras de fer me saisit. Une main se referma sur ma gorge. Je suffoquai :

– Donald, arrête... c'est moi, Manu !

– Manu ?

L'étreinte se relâcha immédiatement.

– Manu ? fit Donald, interdit. Alors celui qui était auprès de la planche ?...

– C'était moi, oui ! Donald, je sais que cette planche va permettre au surfeur de disparaître ! Je... au fait, qu'est-ce que tu fais ici ?

Donald parut hésiter une ou deux secondes. Puis il lança à voix basse :

– Moi aussi, je crois que j'ai tout compris. Quand j'ai reconnu la planche que portait ce type, je l'ai suivi. J'avais peur qu'il ne me repère. J'ai cru avoir perdu sa trace au moment où il est arrivé au bord de l'océan. Quelqu'un est remonté au boulevard de la Mer, et quelqu'un d'autre est resté près de la planche.

– C'était moi, Donald ! C'était moi !

– Comment voulais-tu que je le sache ? Comme tu ne te jetais pas à l'eau, j'ai eu un doute. J'avais sur moi la clé de mon local. Je me suis dit que dissimulé ici, je disposerais d'un meilleur lieu d'observation...

– Mais comment as-tu compris que c'était la planche qui était la clé du mystère ?

Dans l'obscurité de la cabane, je commençais à distinguer les traits du maître nageur. Il haussa les épaules d'un air las.

– N'oublie pas que je suis ici depuis le début du mois. J'ai eu le temps d'en glaner, des indices !

– Eh, Donald ? Et si le surfeur arrivait ?

Je mis le nez à l'extérieur mais la plage était déserte. Aucune silhouette ne quittait le boulevard de la Mer pour descendre vers l'océan.

Je revins me réfugier dans la cabane, et je gardai l'œil rivé sur la balustrade du boulevard illuminé. Dix bonnes minutes s'écoulèrent.

– Il ne revient pas, murmura Donald. À mon avis, il a vu l'un de nous et il se méfie. Qu'est-ce qu'on fait ?

J'étais indécis.

– Voilà ce que je te propose, dit Donald. Je vais récupérer cette fameuse planche et la ranger dans ma cabane. Il sera temps de l'examiner demain, de prendre des mesures, de prévenir Charrier...

Le butin était trop précieux pour que je l'abandonne ainsi.

– D'accord, répondis-je. Mais je reste ici. Imagine que le surfeur veuille récupérer son bien. Il fracturera facilement la serrure. Et demain, nous ne retrouverons ni la planche ni son utilisateur !

– Tu as raison. Sauf que c'est moi qui vais dormir ici, Manu.

Je voulus protester mais il insista :

– Tu as vu la carrure de ce type ? Il ne fera de toi qu'une bouchée. Avec moi, il aura plus de difficulté. Et je saurai lui tirer les vers du nez ! On y va ?

Je sortis le premier. En examinant le rivage, mon cœur s'emballa. Je criai :

– La planche... elle n'est plus là !

À côté de moi, Donald dut pâlir deux fois plus que moi. Il hurla un juron épouvantable et s'élança en courant.

Je le suivis, les jambes en coton. Aucun doute : mon sac et mon blouson se trouvaient bel et bien sur le sable. Mais la planche avait disparu. Le surfeur avait dû revenir très vite, quand Donald et moi nous étions rejoints pour nous expliquer à l'intérieur de la cabane. Ensuite, nous avions bêtement focalisé notre attention sur le boulevard de la Mer tandis que le surfeur évoluait déjà vers le large.

Donald s'était immobilisé près de mes affaires. Le regard tendu, il scrutait l'horizon. Je l'imitai. Et dans la clarté de la lune, je distinguai, au loin, une silhouette perchée sur un rouleau naissant.

– C'est lui !

– Non, répondit aussitôt Donald d'une voix blanche. Ce n'est pas le surfeur, Manu.

D'abord, je refusai de comprendre. Alors, d'un geste bref, Donald me désigna un autre petit tas de vêtements posé sur le sable, à côté du mien. Je reconnus tout de suite le jean et la tunique. En moi, quelque chose se déchira. Je balbutiai :

– Andy ?

Je crus que tout mon corps se vidait. Je me précipitai dans l'eau en hurlant.

– Andy ! Non, Andy, reviens !

Plus rapide que moi, Donald avait plongé. Il se dirigeait vers le large d'un crawl puissant. J'arrêtai de nager, me redressai et m'immobilisai, épouvanté.

Le spectacle, éclairé par la lune, avait quelque chose

d'irréel. C'était un décor de rêve pour une scène de cauchemar.

Incapable d'esquisser le moindre geste, je reconnus nettement Andy, bras écartés, à moitié redressée sur la planche... Oui : Andy minuscule, sous la vague qui la poussait vers nous. Le rouleau, gigantesque, commença à l'envelopper.

La suite ne dura pas plus de trois secondes : le corps d'Andy devint transparent comme du verre. Puis lumineux. Presque blanc. Comme si la clarté d'un jour inconnu avait filtré par l'étrange simulacre d'humain qu'était devenu son corps.

La vision se ternit. Enfin, dans un grand fracas d'écume, la vague se referma sur le vide, telle une main liquide essayant de broyer la proie qui venait de lui échapper.

CHAPITRE 8

Manu retrouve le 4 x 4

Un long moment s'écoula. Là-bas, Donald s'était arrêté de nager. Il avait pied et se tenait droit, immobile, résistant au ressac qui s'écrasait sur son torse. Et moi, secoué de sanglots, je ne cessais de bredouiller :

– Ce n'est pas possible... Non, elle va réapparaître !

Mais rien ne troublait la surface de l'océan. Andy ne reviendrait plus, je le savais. Elle s'était dissipée. Diluée. Évanouie. Comme les surfeurs précédents.

Donald me rejoignit. Lui aussi tremblait de tous ses membres. De froid, d'angoisse ou d'émotion. Son visage, sous la lune, était d'une pâleur cadavérique. Il me saisit par le col de mon polo pour me brailler en plein visage :

– Mais qu'est-ce qu'Andy faisait là, hein ? Pourquoi est-elle venue ici ce soir ? À cette heure ?

– Elle devait... nous avions rendez-vous !

Les mots avaient du mal à franchir l'étau de ma gorge.

Je reconstituai ce qui s'était passé : Andy était arrivée sur la plage au moment où Donald et moi nous étions réfugiés dans la cabane. Le temps que nous nous expliquions, elle gagnait l'endroit où nous avions l'habitude de laisser nos affaires ; elle avait reconnu mon blouson, mon sac. Et aperçu la planche. Avait-elle pensé que j'étais allé me baigner ? Avait-elle voulu me rejoindre ? Non : elle m'avait sûrement attendu, assise sur le sable, tandis que Donald et moi surveillions le boulevard de la Mer ! Puis, de guerre lasse, elle avait sans doute décidé de surfer en m'attendant.

– Donald... c'est abominable ! Que faut-il faire ?

Il haussa les épaules. Il semblait avoir du mal à réprimer sa colère. Presque méchamment, il me jeta :

– Ce soir, rien ! Tu veux aller prévenir Charrier ? Tu veux ameuter les pompiers ?

Le vent se levait. L'océan commençait à mugir avec

férocité. Une angoisse vertigineuse me saisit. Je chuchotai :

– Qu'est-ce que c'est, Donald ? Qu'arrive-t-il à tous ces gens ? Où se trouve Andy en ce moment ?

Une nouvelle fois, il secoua les épaules pour marquer son impuissance ; tête basse, il retourna à sa cabane pour se changer. Puis il la referma à clé. Je le suivis jusqu'au boulevard de la Mer. J'eus une vague pensée pour le propriétaire de la mystérieuse planche. Était-il là, perdu dans la foule ? Avait-il assisté de loin à la disparition d'Andy ? J'aurais donné cher pour qu'il nous accoste et nous explique ce qui s'était passé. Mais je n'avais aucune illusion à ce sujet.

Donald me raccompagna jusqu'à l'hôtel.

– Essaie de dormir, me recommanda-t-il à voix basse. Demain, il sera temps d'aviser.

Je montai au quatrième étage, frappai à la porte de Clovis. À peine m'eut-il ouvert que je m'effondrai. Il me reçut dans ses bras.

– Manu ! Que s'est-il passé ? Andy et toi vous vous êtes disputés ? Ou bien est-ce que sa mère ?...

Je ravalai mes larmes pour tout lui expliquer. Il m'écouta sans m'interrompre. De temps en temps, il grommelait un juron à voix basse. Puis il me prenait par l'épaule pour me réconforter. Quand j'eus fini de parler, il alla fouiller dans son sac, saisit un flacon, en sortit deux comprimés.

– Avale ça. C'est un calmant. Si, il le faut. Sinon, tu ne dormiras pas de la nuit.

– Dormir ? dis-je dans un hoquet. Comment veux-tu que je dorme ?

– À cette heure, je ne vois pas ce que tu pourrais faire d'autre.

Il insista, m'accompagna dans ma chambre, me força à avaler les cachets. Puis il s'assit à côté de mon lit et attendit que je m'assoupisse.

Je m'éveillai en sursaut à cinq heures du matin. À travers les rideaux pointait un jour pâle. Je fus debout une seconde après. Lucide. Sachant sans le moindre doute que je n'avais pas rêvé. J'allai prendre une douche en vitesse et je m'habillai.

Andy... Son visage m'obsédait. Dans ma mémoire défilait tout ce que nous avions vécu. Surtout les deux derniers moments, les plus précis : lorsque, dans la pizzeria, elle m'avait regardé dans les yeux pour me dire *je t'aime* ; et quand, cette nuit même, en équilibre sur la planche, elle s'était transformée en cet hallucinant fantôme de lumière...

Je chassai toutes ces visions pour m'efforcer de mettre de l'ordre dans mes idées. Hier, ces événements m'intriguaient sans vraiment me concerner. Mais voilà : Andy avait disparu. Je devais la faire revenir. Et pour cela retrouver le surfeur de la veille. Découvrir le mystérieux 4 x 4. Et identifier Kéo.

Comment procéder ?

On était le 28 décembre ; le 2 janvier au matin, Clovis et moi devrions repartir en avion pour Paris !

Je quittai l'hôtel au moment où le soleil émergeait de l'océan. Je faillis me rendre sur la plage. J'y renonçai pour m'élancer dans les rues désertes de *Surfers Paradise*. Je pris un peu au hasard la direction du poste de police. Car je ne savais pas où diriger mes pas. J'espérais sans doute un miracle...

Il survint.

À moins de deux cents mètres du boulevard de la Mer, j'aperçus le 4 x 4 noir.

La voiture était là, sagement garée le long du trottoir dans une rue adjacente. Au lieu de bondir vers elle, je ralentis le pas, en alerte. Je m'approchai. C'était bien elle : l'aile avant gauche était toujours cabossée.

Je mémorisai le numéro d'immatriculation et l'adresse de l'agence de location peinte au pochoir, sur la portière avant. Une agence domiciliée à Sydney. Sydney ! Hier, j'aurais pu chercher longtemps...

Je jetai un coup d'œil dans la rue. Il n'y avait pas un chat. Je m'arrêtai près du véhicule. Il était vide. Aucun objet ou vêtement abandonné sur un siège... Je caressai la galerie du toit. Et posai la main sur le capot. Il était encore chaud, bien que la voiture fût à l'ombre. Son propriétaire venait donc de la quitter.

Discrètement, j'essayai d'ouvrir l'une des portières. La voiture était verrouillée. Je sentais le sang battre à mes tempes. J'étais décidé à passer, s'il le fallait, plusieurs heures dissimulé non loin de ce véhicule, prêt à bondir sur la personne qui viendrait se mettre au volant.

C'est en apercevant une cabine téléphonique à vingt mètres de là que j'eus une autre idée. Fébrile, je sortis de mon portefeuille une carte de téléphone. D'ici, je pouvais appeler sans quitter le véhicule des yeux.

Je songeai d'abord à joindre l'hôtel. À demander qu'on réveille Clovis. Nous ne serions pas trop de deux... Puis je pensai à prévenir Charrier. Je n'avais pas son numéro. Et si j'appelais tout simplement la police ? Mais sous quel prétexte ?

Je vis que sur la portière du 4 x 4 figurait aussi le

numéro de téléphone de l'agence de location. Cela ne coûtait rien d'essayer...

Je tombai sur un répondeur. Il fallait s'y attendre, il était cinq heures et demie du matin. Au bout du fil, une voix masculine débitait toutes sortes de renseignements :

les horaires d'ouverture et même les tarifs de location. Enfin, le message s'acheva par : *En cas d'accident ou d'urgence, vous pouvez me joindre au numéro suivant...*

C'était inespéré. J'appelai.

Au bout de cinq sonneries, une voix ensommeillée répondit. Je ne laissai pas le gérant reprendre ses esprits.

– Ici le poste de police de *Surfers Paradise*, dis-je d'un ton ferme. Je suis l'adjoint de l'inspecteur Charrier. Pardonnez-moi de vous déranger si tôt mais j'ai besoin d'un renseignement très urgent : l'identité et l'adresse du locataire d'un véhicule... Comment ? Non, rassurez-vous, il n'est rien arrivé à la voiture. Il s'agit d'un 4 x 4 noir. Voici son numéro.

L'homme me demanda de patienter un instant. J'entendis un ordinateur qui se mettait en marche. Les deux minutes qui suivirent me parurent interminables. Enfin, le gérant me déclara :

– Voilà... C'est un certain Donald Harisson. Il a loué ce véhicule au début du mois.

J'encaissai le coup sans réagir. Je demandai d'une voix que j'essayai de rendre aussi neutre que possible :

– Vous avez son adresse exacte ? Il vous a précisé sa profession ?

– Donald Harisson est maître nageur. Il habite

Sydney. Mais j'ai l'adresse de l'appartement qu'il a loué pour tout l'été à *Surfers Paradise*.

Je notai tous ces renseignements et remerciai le gérant. Entre-temps, je n'avais pas quitté le véhicule des yeux.

Une fois que j'eus raccroché, je grommelai :

– Donald... C'était Donald !

J'étais stupéfait. En colère. Furieux de m'être fait duper. Ainsi, la veille au matin, c'était lui qui avait amené sur la plage la surfeuse qui avait disparu ! À présent, un détail me revenait en mémoire : hier, il était arrivé juste après que la surfeuse se fut élancée sur l'océan !

– Il pensait que sa complice allait pouvoir agir sans témoin... Il a dû être drôlement contrarié de me voir !

Les pompiers et l'inspecteur Charrier étaient trop occupés par leurs recherches, au large, pour prendre garde à cette surfeuse matinale... Mais moi, j'étais là. Au moment où la jeune fille avait commencé à se dissoudre, Donald avait tenté de distraire mon attention. Puis il avait fait semblant de ne pas me croire quand je lui avais relaté ce que j'avais vu...

– Incroyable... Donald est donc directement lié à ces disparitions. Peut-être même est-il le pivot de toute cette histoire ! Le fameux Kéo... si c'était lui ?

La scène de la veille au soir me revint également en mémoire.

– Je me suis fait posséder ! Le surfeur qui a déposé cette planche qu'Andy a empruntée, cet inconnu qui n'est jamais revenu...

C'était lui. J'en étais presque sûr.

J'avais peine à retenir ma rage. Mille questions se bousculaient dans mon esprit. En même temps que renaissait en moi l'espoir de retrouver Andy.

À demi dissimulé derrière la cabine téléphonique, je quittai le 4 x 4 du regard. Un doute terrible jaillit :

– Et si Donald était déjà parti ? S'il avait utilisé une autre planche ?

En admettant qu'il ait été le surfeur de la veille, nul doute qu'il voulait imiter (ou rejoindre ?) ceux qui s'étaient volatilisés. Je me rendis compte que l'urgence était sûrement plus grande que je ne l'imaginais. Piétinant à quelques pas de cette voiture en stationnement, je commençais à me lasser.

– Après tout, qu'est-ce que je fais ici ? Qu'est-ce qui me prouve que Donald va venir ? On est à cinq minutes à pied de la plage !

Je consultai les adresses que m'avait confiées le gérant. Donald n'était pas à Sydney puisque son 4 x 4 était ici. Quant à cette *Honeystreet* où il résidait, à *Surfers Paradise*, j'ignorais où elle se trouvait. Et ce n'était pas en restant planté ici que je le saurais. Comme il allait être six heures, je décidai de prendre un risque et de rejoindre la plage en courant. Je grommelai :

– J'aimerais beaucoup te trouver près de ta cabane, Donald. Car tu as pas mal d'explications à me donner...

CHAPITRE 9

Les aveux de Donald

Après un dernier regard pour le 4 x 4, je fonçai en direction de l'océan au pas de course. Deux minutes plus tard, je traversais le boulevard de la Mer. Je bondis sur le parapet. D'ici, je dominais la plage. Et j'apercevais la cabane, fermée, de Donald.

Il n'était pas arrivé. Aucun surfeur sur la grève. Au loin, un petit groupe d'estivants matinaux faisaient du footing. Comme chaque matin à la même heure, les plagistes étaient occupés à installer les matelas et les parasols. Dépité, je revins sur mes pas et regagnai rapidement le trottoir où se trouvait le 4 x 4.

Mais je pilai sur place. Là, à l'autre bout de la rue venait d'apparaître... Donald. Donald portant à bout de bras, au-dessus de sa tête, une planche de surf. Une planche longue. Noire. Avec deux fines bandes d'un violet fluo.

Je reculai pour me dissimuler à l'angle du boulevard. Mon cœur battait à tout rompre. Donald m'avait-il vu ?

Je risquai un œil. Il avait ralenti l'allure. Il s'arrêta comme pour réfléchir. Je me demandais ce qu'il mijotait. Je murmurai :

– Ça y est, il arrive. Il passe à côté de la voiture... il va s'arrêter. Non... Si !

Donald venait de poser sa planche sur la galerie. Je me demandai pourquoi il ne se rendait pas directement à la plage.

Il ouvrit le coffre du véhicule, en sortit des sangles. Pétrifié, j'hésitais sur l'attitude à adopter. L'aborder ? Lui demander des explications ? Donald refuserait sûrement de discuter – et comme il me dépassait d'une bonne tête, il ne ferait de moi qu'une bouchée. J'eus un regard de détresse vers le boulevard de la Mer désert, pour l'hôtel Bellevue dont l'enseigne clignotait à six ou

1. Scrub : maquis à buissons épineux.

huit cents mètres de là. Pour la cabine téléphonique, inaccessible elle aussi.

Déjà, Donald s'installait au volant. Je vis de la fumée se dégager du pot d'échappement.

– Bon sang, il va m'échapper !

Je m'élançai sur le trottoir au moment où Donald commençait à se dégager. Il dut manœuvrer deux fois, ce qui me donna dix secondes de sursis. Au moment où il partait, je bondis sur l'arrière du véhicule et m'agrippai à la roue de secours arrimée sur la porte du coffre.

J'espérais qu'il ne m'avait pas repéré.

La voiture tourna une fois, puis une nouvelle fois à gauche, rejoignant le boulevard de la Mer.

Donald ne roulait pas trop vite. Mes pieds explorèrent le vide et finirent par prendre appui sur le parechoc. J'ignorais combien de temps ce voyage allait durer. Je redoutais aussi qu'un automobiliste ou un passant ne me voie. Mais à cette heure, la circulation était fluide et les badauds plutôt rares.

Bientôt, Donald bifurqua, emprunta une voie rapide qui traversait la banlieue de la ville.

– Tiens, nous quittons le bord de mer ?

J'aurais pensé que Donald voudrait gagner un lieu tranquille pour utiliser sa planche. Mais je me souvins de ce qu'avait dit Charrier : *Toutes les disparitions avaient eu lieu à peu près au même endroit.*

Aucun doute, nous nous enfoncions vers l'intérieur des terres. J'étais de plus en plus intrigué.

Dix minutes plus tard, nous dépassions les limites du bourg et roulions, à en juger par les panneaux indicateurs, vers le parc national Lamington. Après une quinzaine de kilomètres, le 4 x 4 quitta la route et s'engagea dans un mauvais chemin. Le paysage était escarpé, encombré de collines pierreuses où poussaient, comme dans le scrub[1], de rares buissons rabougris. Au loin, à l'ouest, d'énormes nuages s'amoncelaient sur les massifs montagneux du Mac Pherson Range. Depuis mon arrivée, c'était la première fois que je quittais la station balnéaire pour faire – bien malgré moi – du tourisme. Malgré ma position inconfortable, je me dis que je n'avais vu jusqu'ici de l'Australie qu'une station balnéaire semblable à celles qui, en ce début de XXIe siècle, poussaient sur tous les bords de mer de la planète, pourvu qu'il y ait un peu de sable, quelques palmiers et de la chaleur.

Enfin, le véhicule parvint dans une carrière abandonnée, où il s'arrêta brusquement, en soulevant un gros nuage de poussière.

Aveuglé, étouffé, je me mis à tousser et posai vite pied à terre ; je voulus me cacher sous la voiture. Je n'en eus pas le temps : je me sentis agrippé par-derrière, bousculé et jeté sans ménagement sur le sol, le nez dans les cailloux.

Quatre-vingt-dix kilos de muscles m'écrasaient le dos. Je tentai de me redresser, bredouillai :

– Donald ! Arrête !

– Désolé, Manu. Inutile de te débattre. Tu peux crier : ici, nous sommes à six kilomètres de la route.

Je sentis qu'il me liait les mains dans le dos avec des sangles. Il me retourna comme une crêpe et je pus observer son visage tendu pendant qu'il m'attachait les pieds.

Je cessai de me débattre, crachai un peu de terre sèche et quelques graviers.

– D'accord, dis-je en haletant. Je capitule. Mais au moins, Donald, par pitié, explique-moi. Andy... tu sais où est Andy ?

Il ne répondit rien. Mais son expression devint si lugubre que je m'écriai :

– Elle est morte !

D'une voix soudain émue, il répondit immédiatement :

– Non, Manu ! Oh non, rassure-toi, elle est vivante !

Une bouffée de joie me submergea. Pour l'instant, la savoir en vie me suffisait. Donald me déposa plus loin dans l'herbe, comme un paquet de linge sale. Puis il revint au 4 x 4 et remit le contact. Je hurlai :

– Donald ! Tu ne peux pas m'abandonner comme ça !

Il hésita et revint vers moi. Il semblait embarrassé. Je perçus une faille, je m'y engouffrai :

– Tu me dois des explications, Donald ! Je suis prêt à tout. À tout, tu m'entends. Mais je veux que tu me rendes Andy !

Il eut un énorme soupir.

– Ça, c'est absolument impossible.

– Alors... je veux la rejoindre ! Où qu'elle soit, même en enfer !

– Elle n'est pas en enfer, Manu, fit-il dans un étrange sourire.

– Où est-elle ?

Son regard se referma, son expression se fit dure et butée.

– Je ne peux pas te le dire. Je n'en ai pas le droit.

Donald ne bougeait pas. J'avais l'impression qu'il avait envie de se justifier. De se confier peut-être. Quelque chose l'en empêchait.

Dans cette carrière ignorée, on n'entendait ni le vent ni les oiseaux. Pas même la rumeur de la circulation lointaine. Je me sentis très fatigué.

– Ainsi, dis-je d'une voix lasse, tu savais tout, Donald ! Et depuis très longtemps sans doute. Les surfeurs disparus l'an dernier...

– Non ! L'an dernier, je n'étais au courant de rien. Mais c'est vrai que les départs de ce mois-ci, j'ai...

Il hésita et finit par lâcher :

– Je les ai facilités. Mais tu as tout gâché, Manu. Tu as tout précipité.

– C'est toi qui as conduit sur la plage la surfeuse d'hier matin, n'est-ce pas ? Seulement j'étais là. Et avec mon appareil photo, de surcroît. Tu as voulu m'empêcher de voir ce qui allait lui arriver !

– Ah pour ça, Manu, fit-il dans une grimace, on peut dire que tu nous as compliqué la tâche...

À présent, je reconstituais aisément le fil des événements.

– Tu savais que j'avais repéré ce 4 x 4 avec lequel tu l'as accompagnée ! Alors, après nous avoir ramenés à terre avec le canot, Charrier et moi, tu t'es éclipsé pour garer ta voiture ailleurs. Voilà pourquoi je ne l'ai pas retrouvée !

Sans confirmer, il soupira :

– Tu étais devenu un peu trop perspicace, Manu. Trop attentif. Et par ta faute, il a fallu brusquer les choses.

– Alors hier soir, tu as voulu partir... comme les autres !

Il releva la tête, ébahi. Je précisai :

– Le surfeur que nous avons guetté ensemble ne risquait pas de revenir. C'était toi, Donald !

Ma déduction le désarçonnait. Il restait silencieux. Je continuai :

– Hélas, je ne l'ai compris que ce matin. Hier soir, quand tu es arrivé avec ta planche, je ne t'ai pas reconnu. Je n'avais aucune raison de penser que c'était toi. Cette planche... pourquoi l'as-tu abandonnée sur le sable ? Pourquoi es-tu revenu à la voiture ?

– Pour y ranger mes vêtements. C'est idiot, mais je ne voulais laisser aucun indice sur la plage. Seulement quand je suis redescendu vers la grève, j'ai aperçu quelqu'un assis près de ma planche. Quelqu'un qui ne semblait pas du tout disposé à repartir. J'étais inquiet et intrigué. Mon erreur a été de vouloir aller attendre dans ma cabane le départ de ce petit curieux. Quand j'ai compris qu'il me rejoignait, j'ai été pris de panique. J'étais à cent lieues de penser que c'était toi.

Je me souvins de son agression.

– Tu as bien failli m'étrangler !

Donald réprima un vague grommellement.

– Je ne voulais pas te faire de mal, Manu. Tu ne m'avais pas reconnu. J'ai préféré jouer la comédie. Je pensais filer ce matin, à l'aube. C'était plus simple.

– Tu t'apprêtais à le faire quand tu m'as aperçu au bout de la rue, il y a une demi-heure, n'est-ce pas ?

– Oui. J'étais stupéfait de te trouver là. J'ai compris que tu avais retrouvé mon 4 x 4. Comme tu me bloquais le passage, j'ai voulu m'enfuir. Quand je t'ai aperçu t'agripper à ma roue de secours, j'ai su que tu ne me laisserais plus en paix. Je me suis dit que le plus simple était de t'emmener dans un lieu discret. J'ai démarré doucement, n'est-ce pas ?

– Tu aurais dû m'assommer hier soir, dans ta cabane ! Et partir au diable avec ta planche ! Andy ne l'aurait jamais trouvée et elle serait encore ici !

– J'ignorais qu'elle allait venir, Manu. C'est une erreur, une épouvantable erreur...

– Répare-la !

– Personne ne peut plus rien faire.

– Qu'est-ce qui t'empêche de tout m'expliquer, Donald ? Je ne dirai rien à Charrier, je te le jure !

– Moi aussi, j'ai juré. Je ne peux prendre aucun risque.

– C'est Kéo qui t'impose le silence ?

Une nouvelle fois, la stupéfaction se peignit sur son visage. J'en savais plus qu'il ne l'avait cru. Je criai :

– Kéo, c'est toi !

– Non ! répliqua-t-il aussitôt. Bien sûr que non ! Je...

Soudain, ses traits se crispèrent et il tomba presque aussitôt à genoux, plié par une douleur violente. Je m'affolai.

– Donald ! Que se passe-t-il ?

Entravé, je ne pouvais même pas lui venir en aide.

– Donald... ça va ?

Il se releva lentement, en soufflant à petits coups comme pour reprendre son souffle. Ce n'était pas la première fois que je le surprenais à souffrir. Apitoyé malgré ma colère, je murmurai :

– Tu es malade. Qu'as-tu, Donald ?

– Ce que j'ai ? Huit ou dix mois à vivre, Manu, voilà ce que j'ai.

Je m'attendais à tout, sauf à cet aveu.

– Tu es le seul à le savoir, désormais, ajouta-t-il. Mais ça n'a plus d'importance. Eh oui, Manu, je suis perdu. Condamné.

Il serra les dents et s'éloigna. Je compris qu'il était inutile de l'interroger sur sa maladie. Il semblait décidé à ne pas pousser plus loin ses confidences. Je me débattis sur le sol et braillai :

– Donald ! Que vas-tu faire ?

Il semblait avoir recouvré toutes ses facultés, son visage avait repris des couleurs. Il revint vers moi, enleva les liens de mes jambes et desserra légèrement les sangles qui me retenaient les mains dans le dos.

– Ce que je vais faire ? Partir ! dit-il en désignant la planche sur la galerie de son véhicule. Oui, partir. Définitivement.

– Tu vas donc... mourir ?

– Oh non, pas tout de suite ! fit-il dans un maigre sourire. Au contraire : je vais profiter de mon sursis pour essayer de vivre une expérience exceptionnelle.

– Une expérience ? Attends ! Est-ce que les planches ?...

– Je suis désolé de ne pouvoir t'en dire plus, Manu. Adieu.

À présent, il avait rejoint son 4 x 4. Je braillai :

– Et moi, Donald ! Qu'est-ce que je vais devenir ?

– C'est simple : tu vas refaire le même chemin. À pied.

Il n'avait pas compris le sens de ma question.

– En marchant, tu finiras par te libérer les bras, poursuivit-il. Il te faudra une petite heure pour rejoindre la route principale. Là, tu pourras faire de l'auto-stop. Ou monter dans un bus, au prochain carrefour. Tu seras de retour à ton hôtel avant midi.

Cela lui laissait largement de temps de s'éclipser. Désemparé, je cherchais les derniers arguments susceptibles de le faire changer d'avis.

– Donald ! Tu oublies que je peux tout révéler à la police ! Je vais raconter à Charrier tout ce que je sais !

– Je ne peux pas t'en empêcher. Qu'importe ! Ta version des faits lui paraîtra invraisemblable.

Je me tus et hochai la tête. Une façon de lui dire adieu, et de lui montrer que je me considérais vaincu. Comme il ouvrait la porte de son véhicule, il arrêta son geste, réfléchit et fouilla soudain dans sa poche. Il me lança une petite clé qui rebondit à mes pieds.

– Tiens. Je n'en aurai plus besoin.

– Donald... Une dernière question ! Andy... tu vas la revoir ?

Il hésita. Il devait peser le poids de la confidence. Enfin, comme à regret, il avoua :

– Oui.

– Alors s'il te plaît, prends soin d'elle. Et surtout,

dis-lui que je l'aime. Dis-lui que je ne l'oublierai jamais.

Donald hocha la tête ; dans sa gorge, sa glotte tremblait comme si la réponse avait du mal à sortir. Enfin, il murmura :

– OK, Manu. C'est promis. Oui, je le lui dirai.

Puis il se retourna, claqua la portière de son véhicule et quitta la carrière à vive allure...

En me laissant seul.

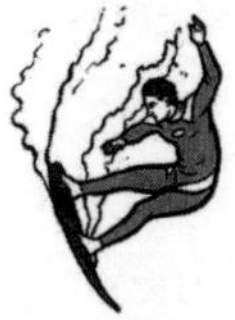

CHAPITRE 10

À la recherche de Kéo

Donald avait raison : il ne me fallut que quelques minutes pour me libérer les mains. Je ramassai la clé qu'il m'avait laissée et je me mis à courir sur ce mauvais chemin.

Le 4 x 4 avait depuis longtemps disparu à l'horizon. J'espérais encore un miracle : que Donald rate un virage ou tombe en panne. Qu'un incident me permette de le rattraper.

Je rejoignis la route peu après huit heures. Les voitures étaient encore peu nombreuses. Malgré mes signes désespérés, aucune ne stoppa pour me prendre.

Il était près de neuf heures quand j'arrivai au carrefour. Ici, la circulation était dense. Je trouvai l'arrêt de bus au moment où un car démarrait. Je voulus courir après lui quand une petite décapotable s'arrêta près de moi. Les trois jeunes gens qui étaient à l'intérieur m'interpellèrent :

– Tu vas à la plage ? Monte !

C'était une chance. Une demi-heure plus tard, on me déposait boulevard de la Mer, juste en face de la cabane du maître de baignade. J'aperçus aussitôt le 4 x 4, bien garé. Sur la galerie, la planche avait disparu.

Je me dirigeai vers la plage que la foule avait envahie. Aucune agitation inhabituelle ne signalait qu'un accident avait eu lieu. Seul manquait, en haut de son mât, le drapeau vert. Ce qui n'avait nullement empêché les estivants d'aller surfer ou nager. J'essayai d'identifier, sur l'océan, la fameuse planche. En vain.

Un dernier espoir au cœur, je courus jusqu'au local de Donald. Il était fermé. Je sortis la clé de ma poche.

Oui. C'était bien celle de la cabane. J'entrai.

Il y avait là deux sièges pliants et six ou sept planches de surf. Ordinaires, plutôt usagées. Et debout, rangé dans un coin, le petit canot avec son moteur. J'avisai la trousse d'urgence posée sur la table de camping.

Non. Rien ici qui pût me livrer le moindre indice. Une voix familière me héla :

– Manu ? Eh bien, où étais-tu ?

C'était Clovis. En maillot de bain. Avec, ce qui chez lui était rare, une expression inquiète sur le visage. Je sortis de la cabane après l'avoir refermée à clé.

– Je me suis réveillé vers sept heures, m'expliqua Clovis. J'ai voulu vérifier que tu dormais. Imagine ma surprise quand j'ai constaté que tu étais parti. J'ai pensé que tu te trouvais sur la plage. Alors je suis venu ici. Et j'ai bien fait !

Son regard se fit lointain.

– Tu sais, murmura-t-il, jusqu'ici je ne mettais pas vraiment en doute tout ce que tu me racontais : la disparition de ces deux surfeurs – et surtout, hier soir, celle d'Andy. Mais c'était si invraisemblable ! Eh bien ce matin, en arrivant ici, tu ne devineras jamais ce que j'ai vu !

– Si. Je devine.

Il se tourna vers moi et parut se rendre compte de ma mine pâle et défaite. Je repris d'une voix enrouée :

– Tu as vu arriver Donald avec une planche noire et luisante, un peu longue. Tu l'as vu se diriger vers l'océan et nager. Peut-être t'es-tu demandé si tu devais le rejoindre et lui poser quelques questions.

– C'est vrai que j'ai hésité. Mais je n'avais aucune raison de le faire !

– Tu aurais dû l'empêcher d'agir, Clovis.

– Je ne savais pas que... Écoute, Donald a d'abord fait plusieurs tentatives. Les vagues n'étaient ni très bonnes ni très longues. C'est seulement au bout d'un quart d'heure...

– C'était un magnifique rouleau, je suppose ? Celui-là, Donald l'a pris exactement comme il le fallait. Et au moment où la crête d'écume retombait, il a disparu avec sa planche. En deux ou trois secondes, n'est-ce pas ? Il est devenu translucide, transparent. Et il s'est évanoui dans l'air !

Clovis approuva, les yeux perdus au-delà de l'horizon qui, là-bas, tranchait d'un bleu doré l'outremer profond de l'océan.

– C'était stupéfiant ! s'exclama-t-il. Féerique. Cela avait quelque chose de surnaturel.

– Qu'as-tu fait ?

– Rien. Je crois que personne d'autre que moi n'a assisté à ce spectacle phénoménal. Il y avait encore peu de monde sur la plage. Je suis donc resté ici. Je t'attendais. Les plagistes et plusieurs vacanciers sont venus jusqu'à la cabane. L'absence de Donald les préoccupe.

– Cette absence risque de se prolonger.

– Et toi, Manu, où étais-tu ?

Je lui expliquai tout. Soudain, une haute silhouette nous couvrit de son ombre.

– Hi, Manu ! Bonjour, Clovis...

C'était l'inspecteur Charrier. Avec sa tenue de garagiste et son éternel bâton de réglisse. Il s'accroupit auprès de nous.

– Eh bien les jeunes, nous fit-il, quoi de neuf ?

Clovis ouvrit la bouche, hésita et me consulta du regard. Ma résolution était prise. Je haussai les épaules d'un air dégagé.

– Rien, Jack... La journée promet d'être belle. Ah, si : j'oubliais, Donald n'est pas encore arrivé !

Charrier jeta un regard presque indifférent sur la cabane close. Il eut un geste d'humeur.

– Cette plage ne doit pas rester sans surveillance. Je vais passer un coup de fil au shérif. Si vous avez du nouveau, Manu, vous savez où me trouver.

Il s'éloigna à pas lents, les épaules basses.

– Pourquoi ne lui as-tu rien dit ? me demanda Clovis.

– À quoi bon ? Qu'aurait-il fait de plus en sachant comment Andy et Donald ont disparu ?

– Il t'aurait sûrement demandé de le suivre jusqu'au poste pour y faire une double déposition.

– Justement. Vois-tu, j'ai d'autres projets pour ce matin.

Je me levai. Clovis n'osait pas me poser de questions. Il se redressa à son tour, saisit sa serviette et son sac d'une main, sa planche de surf de l'autre. Je l'obligeai à se rasseoir.

– Eh ? protesta-t-il. Tu n'imagines pas que je vais rester ici ! Je t'accompagne !

– Non. S'il te plaît, Clovis, laisse-moi agir seul. C'est plus efficace et plus prudent. Profite de l'océan. Va surfer.

– Que devrai-je dire à l'inspecteur s'il revient ? S'il m'interroge à propos d'Andy et de Donald ?

– Je ne t'ai fait aucune confidence. Hier soir, tu n'as pas bougé de ta chambre. Et ce matin, tu n'as rien noté de particulier.

– S'il me demande où tu es ?

– Dis-lui la vérité : je suis parti à la recherche de Kéo.

Je n'eus pas un regard pour le 4 x 4 de Donald toujours garé sur le boulevard de la Mer. Ce véhicule ne m'intéressait plus. Charrier finirait par le dénicher.

– Kéo... Qui est Kéo ?

Midi était encore loin. J'avais la tête en feu. Depuis douze heures, les événements s'étaient précipités. Et le temps m'était compté.

Je revins dans ma chambre pour me changer et descendis dans la salle à manger pour y avaler un rapide petit déjeuner. Mon esprit tournait et retournait mille hypothèses. Je me demandais quelle était la meilleure marche à suivre pour dénicher Kéo.

En quittant l'hôtel Bellevue, je réclamai à la réception un plan de *Surfers Paradise*. Je découvris très vite *Honeystreet*. Cette rue se situait à l'autre bout de la ville. À la frontière de Southport. C'est-à-dire à quatre ou cinq kilomètres d'ici. Je hélai un taxi.

Il me déposa au bas d'un immeuble de quatre étages entouré d'un petit jardin. Dans le hall, je repérai sur la liste des locataires un carton sur lequel avait été griffonné : *Donald Harisson, studio 3, rez-de-chaussée.* Pour franchir le double portail vitré, il fallait un code. Ou une clé. Je n'avais ni l'un ni l'autre. C'était d'autant plus vexant que j'apercevais d'ici le couloir et la porte du studio 3.

Je ressortis. J'identifiai tout de suite la fenêtre de l'appartement de Donald. Je traversai le jardin, m'approchai, collai mon nez à la vitre. Au diable, il fallait utiliser les grands moyens : du coude, je donnai un coup violent sur le carreau. Il se brisa. Je me réfugiai dans un bosquet et j'attendis.

Personne ne réagissait. Ni dans l'immeuble ni dans la rue. Au bout de quelques minutes, je revins vers le lieu de mon forfait. Je passai la main par le carreau cassé, ouvris la fenêtre et enjambai l'appui.

Voilà. J'étais sur place. Chez Donald.

Je réprimai un grognement de déception. Dans ce studio minuscule régnait un ordre absolu. Le canapé-lit était fait. Sur l'unique meuble qui servait de table et de bureau, aucun livre, aucun dossier. Pas une lettre, ni le moindre agenda. J'explorai les placards, fouillai les vêtements. Rien.

Sur l'évier nettoyé de frais, je découvris un vieux briquet. Et dans le placard du dessous, une poubelle. Je l'ouvris.

Elle contenait des cendres. Des kilos de cendres. Je soupirai.

– D'accord. Il a tout brûlé cette nuit. Il n'a rien voulu laisser derrière lui. Peut-être que dans son appartement de Sydney...

La capitale de la Nouvelle-Galles du Sud était à sept

cents kilomètres d'ici. Trop loin. Et je doutais de trouver des indices dans l'appartement de Donald. C'était un garçon trop méticuleux.

Après un dernier tour d'inspection, je ressortis par la même issue. Je repris un autre taxi qui me déposa devant mon hôtel.

J'étais revenu à la case départ. Il ne fallait surtout pas que je cède à l'affolement. Je songeai aux deux rendez-vous de Van Loos avec Kéo. C'était la seule piste qui me restait.

– Kéo se trouve à moins d'un kilomètre et demi d'ici... Bon. Je me donne la journée pour explorer ce périmètre à pied.

Hélas, Kéo n'avait sûrement pas pris le soin de visser, au bas d'un immeuble, une plaque à son nom précisant : *Kéo, disparitions en tout genre*. Pour la quinzième fois, je repassai dans ma mémoire la scène vécue ce matin : mon guet non loin du 4 x 4, l'arrivée de Donald avec sa planche...

L'évidence finit par se dégager d'elle-même. C'était si simple que je m'en voulais de ne pas y avoir pensé plus tôt !

– Ce matin, Donald est arrivé avec sa planche à la main ! *Et sa voiture était déjà garée !*

C'était plus qu'insolite : contradictoire.

À haute voix, je déroulai le film des faits et gestes du maître nageur depuis que nous nous étions séparés la veille au soir, après la disparition d'Andy :

– Bon : Donald s'est alors retrouvé seul dans sa cabane. Il n'y possédait pas d'autre planche, sinon, il se serait empressé de l'utiliser juste après mon départ ! Imaginons qu'il en ait eu une en réserve chez lui, dans son studio d'*Honeystreet*... En ce cas, il serait allé la chercher ; et il serait revenu à minuit sur la plage pour disparaître !

Or, je l'avais vu surgir ce matin, à pied, au coin de la rue.

À présent, je reconstituais aisément son emploi du temps : privé de sa planche la veille au soir, Donald était rentré chez lui. Et *il avait dû attendre le matin pour se procurer une autre planche.* Il était donc parti de son studio pour rejoindre la plage avec son 4 x 4. Il s'était garé dans cette petite rue adjacente. *Et il était allé chercher la planche.* Voilà pourquoi j'avais attendu à côté d'un véhicule vide. Dont le capot était encore chaud !

Les tempes bourdonnantes, je me ruai sur le boulevard de la Mer et m'engageai, à cinq cents mètres de là, dans la ruelle où était garé le véhicule quelques heures plus tôt. Je passai devant la cabine téléphonique et retrouvai sans mal l'emplacement approximatif du 4 x 4. Je tentai de m'orienter :

– Donald a surgi avec sa planche à l'extrémité du trottoir. Et il venait de la droite !

J'allai jusqu'au carrefour, bifurquai. Du regard, j'explorai cette rue qui me parut aussi banale que la précédente : des immeubles, des appartements en location, plusieurs magasins de sport, deux ou trois restaurants. Une agence de voyages. Beaucoup de boutiques de souvenirs.

– Tiens, au bout de cette rue, on dirait...

Oui. Malgré la distance et un angle de vue différent, je reconnus le poste de police de l'inspecteur Charrier. Incroyable : Kéo se cachait peut-être tout près de Jack !

J'avançai, à l'affût. Ici, les passants étaient beaucoup moins nombreux que sur le boulevard de la Mer, pourtant tout proche.

Je portai plus particulièrement mon attention sur les magasins qui vendaient des planches. Ils affichaient des noms exotiques, baroques ou biscornus. Je les énumérai à mi-voix :

– *Champion, Surfers Hell, Exotic Sports, Knock Out, Golf & Surf*...

Je sursautai. L'une de ces boutiques, qui ne payait pas de mine, possédait une enseigne au néon. Seules les premières lettres majuscules clignotaient : *Knock Out*.

J'épelai, à l'anglaise, ces deux initiales banales : *K. O.*

J'étais sûr d'avoir découvert le repaire du mystérieux Kéo.

CHAPITRE 11

Kéo est démasqué !

L'espoir me submergea tout entier. J'ignorais ce que j'allais découvrir ; mais j'avais l'impression d'être sur le point d'aboutir.

J'eus une tentation : me précipiter vers le poste de police, à deux cents mètres de là. Et revenir ici avec Jack. Mais rien ne m'empêchait d'approcher, d'inspecter la devanture, de jeter un coup d'œil à l'intérieur de ce magasin.

La vitrine était décevante : quelques tee-shirts, des raquettes, des chaussures de sport d'un modèle vieillot, plusieurs accessoires de plongée et des jouets plutôt mal présentés. J'appuyai mon nez sur la vitre pour mieux distinguer l'intérieur du magasin. Il était désert, chichement éclairé et ne donnait guère envie d'entrer. J'aperçus, garée non loin de là sur le même trottoir, une vieille camionnette où était peint en violet le sigle du magasin, *Knock Out*. Les portes arrière étaient ouvertes. J'allai y jeter un coup d'œil. Une dizaine de cartons étaient entassés dans le véhicule, vide de tout occupant.

Il était midi passé. La boutique était sûrement fermée.

Quand je posai la main sur la clenche, mon cœur battait très fort. Surtout lorsque la porte s'ouvrit !

Il était trop tard pour reculer. J'entrai.

Je laissai la porte ouverte. Le local semblait abandonné. Sur les rayonnages traînaient des palmes, des lunettes de plongée, quelques ballons de basket alignés. Sur le sol avaient été abandonnés plusieurs cartons ouverts. Ils ne contenaient que des vêtements entassés à la hâte.

Où était le propriétaire ? Je craignis qu'il n'ait quitté les lieux en laissant le magasin dans cet état. Je me dirigeai vers le comptoir et avisai une porte entrouverte. Je frappai légèrement en lançant :

– Il y a quelqu'un ?

En même temps, j'ouvris le battant et pénétrai dans l'arrière-boutique. Un homme était là, occupé à ranger des clubs de golf dans une caisse en bois. Il releva la tête, surpris de voir surgir un client. Je balbutiai :

– Excusez-moi... Il n'y avait personne dans le magasin et...

– Que désirez-vous ?

L'individu paraissait décontenancé. Vêtu d'un jean et d'un polo ample, il avait une allure dynamique et sportive mais il était entièrement chauve, si bien qu'on avait du mal à estimer son âge. Son visage avait quelque chose d'asiatique. Ou d'amérindien.

– Eh bien voilà, bredouillai-je. J'ai... j'ai vu en vitrine...

Je me demandai ce que j'allais inventer quand soudain, je les aperçus. Il y en avait trois, soigneusement posées contre le mur...

Trois planches de surf noires avec un liséré violet.

Elles étaient rutilantes, flambant neuves, et contrastaient avec le matériel démodé du magasin. Ma gorge se serra de plaisir. Jamais je n'avais été si près du but. L'inconnu remarqua sûrement mon regard et ma réaction. Il lâcha le club de golf dans la caisse et avança vers moi. Comme je ne m'écartais pas, il me chassa poliment hors de l'arrière-boutique et il en verrouilla la porte derrière lui.

– Vous avez sans doute remarqué, jeune homme, que je suis sur le point de fermer le magasin.

Il s'exprimait lentement, d'une voix fluette, de façon pondérée et avec un léger accent. Normal, puisqu'il devait être étranger. Je rétorquai :

– Il était encore ouvert. Alors je me suis permis d'entrer. Je n'en ai pas pour longtemps. J'aimerais vous acheter...

– Vous n'avez pas compris, coupa-t-il en souriant. Je mets la clé sous la porte. Je ne vends plus rien.

C'était courtois mais catégorique. Insensiblement, il me poussait vers la porte. Je m'esquivai et revins au centre du magasin.

– Je suis navré, dis-je d'une voix presque menaçante. Rien n'indique que vous êtes fermé. Votre magasin est ouvert et il me semble que je suis en droit d'acheter ce que vous vendez !

Il parut me jauger avant de hausser les épaules.

– Soit. Qu'avez-vous vu en vitrine ? Quel article désirez-vous ?

– Une planche. Une planche de surf.

Il marqua une seconde d'étonnement.

– Je n'en ai aucune en vitrine.

– Je sais que vous vendez des planches. Je désire acheter l'une de celles que vous avez en réserve...

Je marquai un temps avant d'ajouter, à voix plus basse :

– ... dans votre arrière-boutique.

L'inconnu serra les mâchoires. Pourtant je ne distinguai chez lui aucune panique. Son regard défia le mien. Il avait de grands yeux verts, en amande, aux arcades dépourvues de tout sourcil. Il soupira et posa ses longues mains sur le comptoir. Je compris alors ce que cet homme avait de singulier, d'exotique : ses bras eux aussi étaient dépourvus de poils. Il devait être entièrement glabre.

– Je suis désolé. Ces planches ne sont pas à vendre.

Sur un ton précipité, presque suppliant, je murmurai :

– Je suis prêt à donner le prix que vous en demanderez !

– Ce n'est pas une question de prix. Je ne sais pas qui vous a indiqué mon magasin, jeune homme. Mais je ne peux pas vous vendre ce matériel, il est inutile d'insister.

Étrangement, je ne me sentais pas en danger. Il ne se dégageait de cet inconnu aucune hostilité, aucune velléité de violence mais une fermeté bienveillante.

Il me raccompagna résolument jusqu'au seuil. Je me laissai faire. Mais au moment de sortir, je lui déclarai à mi-voix :

– Comme vous voulez, monsieur Kéo.

Malgré l'impassibilité de ses traits, je crus voir son expression changer. J'avais fait mouche.

Je désignai l'angle de la rue.

– Vous voyez ce poste de police ? Je connais très bien

l'un de ses responsables, l'inspecteur Charrier. Il m'attend. Je sais qu'il vous cherche. Si vous me laissez partir sans la planche que je désire, je serai dans son bureau dans une minute. Et il lui faudra à peine plus de temps pour qu'il débarque ici, avec des renforts.

Cette fois, la mâchoire de l'inconnu se crispa. Sur ma lancée, j'achevai en montrant son véhicule garé sur le trottoir :

– Si vous fuyez à pied sans vos planches, elles tomberont entre les mains des scientifiques. Et si vous prenez le temps de les embarquer, je crains que vous n'alliez pas loin. La police sera vite à vos trousses, Kéo. Vous ne ferez pas cinq cents mètres.

– Qui êtes-vous ? me demanda-t-il dans un souffle.

– Je pense que nous avons intérêt à négocier, monsieur Kéo...

Son cœur devait battre aussi vite et aussi fort que le mien. Nous étions tous deux sur le seuil, immobiles, tendus comme la corde d'un arc. Kéo jeta un coup d'œil du côté du poste de police comme s'il mesurait la distance et ses chances de m'échapper.

Enfin, il hocha la tête, recula à l'intérieur du magasin et me fit signe d'entrer.

J'avançai seulement de deux pas sans refermer la

porte. Au moindre geste suspect de sa part, je bondirais à l'extérieur et filerais rejoindre l'inspecteur Charrier.

– Qui êtes-vous ? me répéta-t-il.

– Je m'appelle Manuel Munoz. Je suis en vacances ici. Je sais que vous possédez des planches de surf qui font... disparaître leurs utilisateurs. Hier soir, mon amie Andy en a emprunté une par erreur. Et ce matin, Donald...

– Je sais qui vous êtes, Manu ! m'interrompit l'inconnu.

Je marquai un temps de surprise. Avant de déduire aussitôt :

– C'est Donald qui vous a parlé de moi ? Quand il est venu chercher sa planche chez vous, ce matin, très tôt ?

L'autre se contenta de plisser les yeux sans approuver ni démentir.

– Vous êtes très perspicace... Comment savez-vous qu'on m'appelle Kéo ?

Je désignai l'enseigne à l'extérieur.

– Charrier et moi avons aussi trouvé votre nom sur l'agenda de Vincent Van Loos. Avec les dates de vos rendez-vous.

– Que désirez-vous ?

Kéo fit mine de se diriger vers le comptoir. Redoutant une ruse, je l'arrêtai d'un geste. Il haussa les épaules.

– Que croyez-vous ? dit-il de sa drôle de voix égale. Que je suis armé ? Que j'ai l'intention de vous supprimer ? C'est bien mal nous connaître.

– En effet. Je ne vous connais pas, Kéo, répliquai-je, sur la défensive. Moi non plus, je ne sais pas qui vous êtes. Ni ce que vous manigancez ici...

– J'aimerais m'expliquer avec vous, Manu. Allez donc prendre deux sièges derrière le comptoir.

L'envie me prit de bondir dans l'arrière-boutique et de m'emparer d'une des planches par la force. Mais j'ignorais comment Kéo réagirait. Aurais-je d'ailleurs le temps de m'enfuir et d'utiliser correctement mon butin ?

– Je ne cherche pas à vous agresser, Manu.

Sa sincérité me parut si évidente que je fis ce qu'il me suggérait. Je revins avec deux tabourets. Nous nous sommes assis au centre du magasin. Je m'installai du côté de la porte, j'étais toujours un peu méfiant.

– Ce que je veux, Kéo ? C'est simple : qu'Andy revienne.

– Impossible. Nul ne peut la faire revenir.

Cette confirmation, à laquelle je m'attendais, fit

jaillir en moi une insondable détresse. C'était donc irrémédiable ! Je n'eus pas à beaucoup réfléchir pour rétorquer :

– Alors je veux la rejoindre. Cela, c'est possible, non ? Avec l'une de vos planches...

– Non. Je ne pense pas que vous le souhaitiez vraiment.

– Qu'en savez-vous ? m'exclamai-je. Je ne désire que cela ! Andy est devenue ma seule raison de vivre ! Où se trouve-t-elle ?

– Je suis navré. Il m'est interdit de vous le révéler.

– Très bien.

Je me levai et me dirigeai vers la sortie du magasin.

– Attendez ! fit-il en se levant. Qu'allez-vous faire ?

– Ce que je vous ai dit : prévenir Charrier. Il viendra vous arrêter et prendra possession de vos planches. Ah, Kéo, vous allez faire la une de tous les journaux ! Et je ne donne pas cher de votre peau !

– Oh, ma peau ne vaut rien, Manu.

C'était dit sur un ton si désabusé que je m'arrêtai. Il précisa :

– Si vous mettez votre menace à exécution, vous compromettrez l'avenir d'un grand nombre de gens. C'est leur sort qui importe, Manu. Pas le mien. Mais vous ne découvrirez rien. Je resterai muet.

– Nous savons déjà pas mal de choses, Kéo.

Je résolus de ruser en changeant de tactique : si je finissais pas comprendre ce qui était arrivé aux surfeurs, je pourrais peut-être tout mettre en œuvre pour utiliser une planche et tenter de rejoindre Andy !

– Écoutez, ajoutai-je après un silence, si vous répondez à toutes mes questions, je vous laisserai partir. Et je ne révélerai jamais ce que vous m'aurez dit.

Je sentis que l'argument portait. Kéo revint s'asseoir. Il semblait réfléchir et peser le poids de mon marché. Enfin, il m'invita à m'installer en face de lui.

– De toute façon, commença-t-il, si vous répétiez ce que je vais vous apprendre, vous vous feriez traiter de fou. Mes réponses vont vous paraître extravagantes, invraisemblables. Si vous parvenez à me croire, ce sera uniquement parce que vous avez assisté à ces événements...

Il attendait. Et comme je me taisais, c'est lui qui demanda :

– Eh bien, Manu. Je suis prêt. Que voulez-vous savoir ?

CHAPITRE 12

Partir pour Edena...

– Tout ! répondis-je. Oui, tout : ce qu'est devenue Andy. Où elle se trouve. Ce que sont ces planches. Ce qui arrive à ceux qui les utilisent...

– Ils se trouvent loin à présent. Très loin d'ici.

– C'est-à-dire ?

Il eut un geste vague vers le ciel pour révéler :

– Sur une autre planète. À des milliers d'années-lumière d'ici.

Je déglutis avec difficulté avant de murmurer :

– C'est impossible !

– Vous voyez bien que vous ne me croyez pas...

Je pestai contre ma vivacité, rectifiai hâtivement :

– Si ! Je suis bien obligé de vous croire ! Quelle planète ?

– Appelons la *Edena 4*. Un nom de code aussi conventionnel que le mien... J'ignore moi-même à peu près tout de ce monde. Je n'y suis jamais allé.

J'eus un regard distrait pour les rares passants qui déambulaient dans la rue, à quelques mètres de nous ; j'eus une pensée pour les estivants qui bronzaient sur la plage. Et je me demandai à quoi pouvait ressembler l'univers où se trouvait Andy. L'expression de Kéo restait neutre, un rien placide.

– Ainsi, dis-je dans un souffle, vous avez envoyé ces gens là-bas ?

– Ils étaient volontaires.

– Sauf Andy ! Attendez, je commence à comprendre : tous ceux qui ont disparu ici même, l'an dernier ?...

Kéo parut hésiter. Puis il se décida :

– Beaucoup de gens disparaissent, Manu. Beaucoup plus que vous ne l'imaginez.

Comme tout le monde, je savais que le nombre de personnes parties sans laisser d'adresse, évanouies dans la nature, était stupéfiant. La plupart avaient de bonnes raisons de changer d'identité ou de pays. De se refaire une nouvelle vie. Mais de là à quitter la Terre...

Je me souvins de ce qu'avait appris Charrier et m'exclamai :

– Vous avez fait partir douze surfeurs l'an dernier ! Entre le 13 et le 30 décembre.

– Douze ? Non, trois fois plus. Mais personne ne s'en est aperçu !

Il était vrai que nous n'avions pu déterminer l'identité de la surfeuse de la veille ; elle avait pu quitter les États-Unis, l'Europe ou la Russie sans révéler à quiconque où elle se rendait, ni ce qu'elle allait faire.

– Vous savez, Manu, poursuivit Kéo, votre monde regorge de gens qui, pour de multiples raisons, s'y sentent mal. Un observateur comme moi finit par les repérer très vite, surtout s'il dispose de temps et d'excellents moyens d'investigation...

Kéo était-il... *télépathe* ? Inutile de lui poser la question, je le sentais disposé à mesurer très précisément ses révélations.

– Cela vous donne-t-il le droit de les arracher à leur planète d'adoption ?

– Nous les arrachons surtout au désespoir ou au suicide, Manu...

Je repensai à la déception amoureuse de Van Loos. À la maladie incurable de Donald.

– Nous leur évitons aussi de devenir la proie de sectes sans scrupules, ajouta Kéo. Nous leur offrons le moyen de reprendre leur destin en main, loin d'un monde qui les a déçus ou rejetés... Il faut dire que vous ne prenez guère soin de votre planète, Manu. Et que les moyens de s'y épanouir ou de la rendre meilleure deviennent de plus en plus restreints.

– Vous voulez parler de l'environnement ? De la pollution ?

Kéo eut une expression où l'ironie le disputait à l'indulgence.

– Certes. Mais on peut aussi polluer les sociétés et les individus.

– Eh... en quoi cela vous concerne-t-il ?

– Rendre une raison de vivre à quelqu'un concerne tout être vivant doué de sensibilité et de raison. Par ailleurs, Manu, nous ne recrutons personne. Nous ne contactons, après une longue enquête, que ceux dont nous finissons par comprendre qu'ils sont sans attache. Et prêts à prendre un nouveau départ. Nous leur montrons tous les risques qu'ils vont devoir assumer.

– Ce... voyage est donc dangereux ?

– Non, fit Kéo en souriant. Le transfert est indolore, instantané et garanti. Les risques que j'évoque sont ceux du monde sur lequel les voyageurs parviennent.

– Edena 4 ?

– Oui. Cette année, c'est là que nous envoyons les volontaires. Edena est une planète sauvage mais habitable. Vierge de toute vie intelligente supérieure. Du moins jusqu'à ces derniers temps.

Ces révélations me donnaient le vertige. Je murmurai :

– Un monde à habiter. À organiser. À mettre en valeur...

– Oui. Et sur lequel les nouveaux arrivants essaieront de ne pas commettre trop d'erreurs... Nous sélectionnons soigneusement les candidats.

J'avais noté que Kéo utilisait souvent le *nous*. Combien étaient-ils, de son espèce, à recruter ainsi des gens sur Terre ? Comme s'il avait deviné ma question, il crut bon de justifier :

– Sachez, Manu, que je n'agis ni sur un coup de tête, ni sur l'ordre d'un gouvernement particulier. Notre organisation est l'émanation de plusieurs mondes habités qui l'ont mise sur pied et la contrôlent. Nous sommes nombreux, ici et ailleurs, à accomplir ce type de mission. Leur application obéit à des critères très stricts que je ne peux enfreindre, vous comprenez ?

Je comprenais. Même si je n'avais toujours pas renoncé à rejoindre Andy. Je me disais aussi que si Kéo recrutait ici, ce n'était pas par hasard. L'Australie était un pays neuf. Une sorte de nouvelle Amérique. Un continent colonisé depuis à peine plus de deux siècles. Depuis que sept cent dix-sept bagnards y avaient débarqué, un jour d'été, en janvier 1788... Eh bien à présent, Andy se trouvait sur une *Nouvelle Australie*, un monde à édifier de toutes pièces. À des milliers d'années-lumière d'ici.

Je désignai à Kéo la porte de l'arrière-boutique.

– Ces planches, ce sont donc des... moyens de transport ?

– Oui.

Devant ma mine effarée, Kéo crut utile de m'expliquer :

– Il existe de multiples façons de se déplacer ! Pour l'instant, vous n'imaginez pas autre chose que des vaisseaux spatiaux. Un procédé primitif, lourd. Très compliqué.

– Vous avez mis au point une sorte de... transmetteur de matière ?

– On peut dire ça... mais cette méthode a aussi ses inconvénients. Et un mode d'emploi rigoureux.

– Il faut être en contact avec l'eau, n'est-ce pas ?

Kéo réprima un mouvement d'agacement. Mes questions devaient lui paraître très naïves.

– C'est assez compliqué. Sur Terre, seules certaines zones permettent ces transferts. Et ceux-ci ne peuvent avoir lieu que durant une période limitée.

– Entre le 13 et le 30 décembre !

– Autour du solstice, en effet. Mais d'autres facteurs sont essentiels : la température, la vitesse, le degré d'humidité, l'angle de pénétration dans l'air... En ce moment, il n'est possible d'effectuer de passage que le soir ou le matin.

– Demain, nous serons le 30 décembre. Vous comptez repartir aujourd'hui ?

– Oh, je ne pars pas ! répondit Kéo en haussant les épaules. Quand je retournerai chez moi, ce sera avec un autre moyen que celui-là ! Je dois poursuivre ma mission ici...

Je brûlais d'interroger Kéo plus avant sur son espèce, son histoire, ses origines... Mais je savais que nous étions déjà aux limites de ce qu'il pouvait me révéler. Ce qui suscitait mes questions, ce n'était pas vraiment la curiosité. Mais le désir de comprendre et de maîtriser le transfert vers Edena 4.

Après un nouveau temps de silence, Kéo me demanda :

– Jugez-vous encore indispensable de me faire arrêter ?

– Non. Bien sûr que non.

Dénoncer Kéo, faire éclater la vérité au grand jour n'aurait pas fait revenir Andy. Je ruminais une meilleure tactique.

– Mais à présent, je sais tout. Je représente un risque, n'est-ce pas ? ajoutai-je à voix basse. Heureusement que vous disposez d'un moyen infaillible pour m'empêcher de tout divulguer !

Il fronça drôlement ses arcades dépourvues de sourcils.

– Faites-moi partir ! lui lançai-je en désignant le local voisin. Je ne demande que cela, Kéo : rejoindre Andy.

– Non, fit-il d'un air buté.

– Qu'est-ce qui vous en empêche ?

– Nous imposons à chaque postulant une longue période de réflexion. Nous devons nous assurer qu'il n'a plus ni famille ni amis...

– C'est mon cas !

– ... et qu'il est mentalement capable de supporter le choc d'un changement de vie si brutal. Vous ne l'avez peut-être pas compris, Manu : il ne peut pas y avoir de retour !

– Je le sais. Je l'accepte. Je suis prêt à signer un engagement.

– C'est ce que vous m'affirmez aujourd'hui ! Parce que vous êtes désemparé. Amoureux. Sous l'emprise du chagrin, de l'émotion. Savez-vous, Manu, pourquoi l'on publie des bans plusieurs semaines avant un mariage ? Pourquoi l'on doit d'abord signer une promesse de vente avant d'acquérir une maison ? Pourquoi vous disposez de plusieurs jours de réflexion pour rompre un contrat concernant un achat important ?

– Non. Je ne vois pas le rapport.

– C'est pour que vous disposiez d'un temps de réflexion. Pour vous permettre de comprendre, pendant ce délai obligatoire, que cette décision est peut-être une erreur.

Je me levai en essayant de maîtriser la colère que je sentais monter. J'étais à court d'arguments. Je me rassis, épuisé.

– Pardonnez-moi, Kéo. Je ne vous dénoncerai pas. Je ne tenterai rien contre vous. Je me tairai. Je regrette que vous me connaissiez si mal...

Comment le convaincre ? Je disposais de si peu de temps !

– Je ne vous ai pas menti, dis-je en pesant mes mots et ma pensée. Je suis sans attaches. Prêt à affronter les conditions de vie que vous me décrivez. Si Donald était là, il vous confirmerait...

– Il me l'a dit. Il vous connaissait depuis peu mais il a défendu votre cause. Pas plus tard que ce matin.

Donald avait donc été un allié ! Je me souvins de son dernier geste. Je fouillai dans ma poche et tendis la clé à Kéo.

– Avant de partir, il m'a donné ceci.

À son expression interdite, je sentis que j'avais marqué un point.

– Écoutez, me dit-il au bout d'un long silence. Je vais encore réfléchir. Revenez ce soir sur la plage. À la tombée de la nuit.

Je fus submergé par une bouffée d'espoir et de reconnaissance. Je lui saisis les deux mains. Il semblait très embarrassé, ajouta très vite en baissant la tête :

– Attendez, Manu. Je ne vous ai rien promis.

Désormais, la suite ne dépend plus de moi. Quoi qu'il puisse arriver, je vous souhaite bonne chance, Manu. Je vous fais confiance.

Je n'avais pas très bien compris le sens de ses paroles. Mais j'étais très ému quand je lui répondis :

– Moi aussi je vous souhaite bonne chance, Kéo. Moi aussi, je vous fais confiance.

CHAPITRE 13

Une planche de salut

En quittant le magasin, je me demandai si je n'avais pas rêvé. Arrivé à l'angle de la rue, je me retournai. Les lettres majuscules, *K.O.*, continuaient de clignoter. La camionnette était bien là. Mais Kéo était resté à l'intérieur de la boutique.

Quand je traversai le boulevard de la Mer pour rejoindre la plage, ma conversation avec Kéo me sembla irréelle. Je me retins pour ne pas revenir sur mes pas, rentrer dans le magasin et constater que Kéo existait bel et bien.

Je me rendis à l'endroit où je pensais trouver Clovis.

Je ne vis que sa planche posée sur le sable. Il était deux heures de l'après-midi. Je filai à la pizzeria. Leslie m'accosta aussitôt :

– Manu ! Sais-tu où se trouve Andy ? Elle n'est ni chez elle ni à l'hôpital. Pourtant, elle est de service aujourd'hui.

– Donald est absent lui aussi, répondis-je en désignant la cabane. À mon avis, ils ont filé ensemble.

Leslie me considéra avec stupeur. Puis haussa les épaules.

– Tu plaisantes ! Il n'y a jamais rien eu entre eux !

C'était ce que je voulais entendre.

– Et toi, lui demandai-je, tu n'as pas vu Clovis ?

À cet instant, une main se posa sur mon épaule. C'était lui.

– Salut, Leslie ! lança-t-il. Tu as déjeuné, Manu ? Non ? Moi non plus. Qu'est-ce qu'on peut avoir de bon, aujourd'hui ?

Toutes les tables étaient occupées. Clovis m'entraîna au bout du bar. Il me demanda où en étaient mes recherches.

– Chou blanc. Et toi, tu ne surfais pas ? D'où viens-tu ?

– De l'hôpital. J'ai été rendre une petite visite à la mère d'Andy.

Je me reprochai de n'avoir pas eu cette idée. Clovis balaya quelques miettes sur le comptoir avant d'ajouter négligemment :

– Andy n'étant plus là, j'ai réglé quelques petits problèmes avec l'administration pour que sa mère ne manque de rien.

– Comment va-t-elle ?

– Cette question n'a plus beaucoup de sens. Je lui ai parlé d'Andy mais elle ne se souvient pas de sa fille, elle est ailleurs. Enfermée dans un monde qui n'est pas le nôtre.

– Oui. Son *Never Never Land*.

– Ah, tu as lu *Peter Pan* ? fit-il en souriant. Je croyais que tu n'aimais que la SF et les romans d'aventures.

– Parfois, la réalité d'aujourd'hui rejoint les rêves d'hier.

Clovis me regarda d'un air bizarre. Il n'était pas question que je manque à mes engagements auprès de Kéo. Mais rien ne m'interdisait d'ébaucher un débat littéraire.

– Qu'est-ce que le *Never Never Land* ? lui demandai-je.

– Voyons, tu sais bien : le pays de nulle part. L'endroit où Peter Pan conduit les enfants qui ne veulent pas grandir.

Je me perdis dans la contemplation de la *Gold Coast* écrasée de soleil. Et j'eus soudain la certitude que c'était ce monde qui refusait de grandir. Ces adultes insouciants, agglutinés sur la plage, en vacances, n'étaient que des enfants qui se pliaient aux règles d'un jeu truqué. Un jeu de société, ou plutôt d'une société : la nôtre.

– Imagine, Clovis, que ce pays existe vraiment. Et que l'on puisse y grandir, au contraire.

– Je ne comprends pas. Que veux-tu dire ?

– Demain, tu as la possibilité de partir là-bas. D'y devenir celui que tu as envie d'être. Non pas le successeur obligé de l'entreprise de papa, mais un individu qui pourra choisir. Quelqu'un de libre, d'indépendant.

Clovis comprenait-il ce que j'essayais de lui suggérer ? Il semblait vraiment réfléchir.

J'ajoutai :

– Demain – non, ce soir ! On t'offre un billet. Que fais-tu ?

– J'ai déjà un billet, Manu : pour Paris. Mon trajet de retour.

Sa réponse me suffit. C'était le mur le plus épais qu'il avait jamais édifié entre nous.

Chacun avait fini par s'enfermer dans un univers dont il ne sortirait plus : Clovis, prisonnier de son milieu et de l'avenir qu'on lui avait tracé ; Andy, partie contre son gré ; et sa mère, réfugiée dans un monde intérieur qu'elle s'était bâti sur mesure.

Quant à moi...

À cet instant, j'avais encore l'impression d'être en mesure de faire basculer toute ma vie. De pouvoir orienter mon avenir – tel l'habile surfeur qui sait prendre la bonne vague et glisser, car s'il la rate, il perdra tout contrôle et se fera drosser.

L'après-midi coula d'autant plus lentement que Clovis, à mes côtés, semblait perdu dans ses pensées. Il n'avait pas l'air décidé à surfer. On eût dit qu'à ses yeux, les vacances étaient terminées. Deux nouveaux maîtres de baignade avaient succédé à Donald. N'ayant pu pénétrer dans la cabane, ils s'y étaient adossés pour scruter inlassablement l'horizon à la jumelle.

L'inspecteur Charrier arriva au moment où le soleil déclinait. Il avait les traits tirés et transpirait à grosses gouttes. Il cracha sur le sable ce qui restait d'un vieux bâton de réglisse.

– Donald est parti, bougonna-t-il. Il n'est plus à son

domicile. Quant au fameux 4 x 4 que vous aviez repéré, Manu, je l'ai aperçu tout à l'heure. Je me suis renseigné. C'est Donald qui l'avait loué !

J'écoutais, j'approuvais sans paraître assez étonné.

– Eh bien vous avancez ! dis-je d'une voix qui se voulait encourageante. Vous finirez par découvrir la clé de l'énigme !

– Dites-moi, Manu. Hier, au moment où la jeune surfeuse a disparu, vous avez bien pris une photo ? Je peux la voir ?

Je sortis le cliché de la poche de mon blouson.

– Tenez, Jack. Je vous en fais cadeau. C'est une pièce à conviction à ajouter à votre dossier.

Dubitatif, Charrier l'examina attentivement.

– Vous êtes sûr d'avoir bien visé ? D'après vous, où se trouve la surfeuse ? On dirait... bon sang, ces contours un peu flous, on jurerait une forme humaine !

Comme je me taisais, Jack tendit la photo à Clovis :

– Qu'est-ce que vous en pensez ? Franchement ?

– Franchement, inspecteur, dit Clovis avec un petit rire, je crois qu'il s'agit d'un défaut lors du développement de la pellicule !

Ce soir-là, je voulus quitter la plage plus tôt qu'à

l'accoutumée. Je fis un petit détour du côté du poste de police. Clovis me suivit.

Je passai devant le magasin *Knock Out* sans ralentir le pas. Je me contentai de jeter un coup d'œil dans la vitrine. Elle était vide, comme la boutique dont l'enseigne ne clignotait plus. Une affiche avait été placardée sur la porte : À LOUER.

La camionnette n'était plus là.

Kéo était parti.

J'avais un doute. Et mon inquiétude ne fit que grandir durant le dîner. Clovis, songeur, ne cessait de m'observer.

– Joli coucher de soleil, n'est-ce pas ? fit-il soudain.

J'approuvai, mal à l'aise. Il m'expliqua :

– Depuis que nous sommes à table, tu n'arrêtes pas de regarder à l'extérieur. Tu attends que la nuit tombe ? Tu as un rendez-vous ?

– Oui. Mais j'irai seul.

Arrivé au bas de l'escalier, Clovis me prit par l'épaule.

– Moi, dit-il, je ne sortirai pas ce soir. Je vais peut-être faire comme Vincent Van Loos : observer l'océan depuis la fenêtre. Après tout, je n'ai plus que deux jours à passer ici. Mais je voulais te dire, Manu...

Je me taisais, contraint et contrarié de le laisser monologuer.

– J'ai été très content de te connaître. Je crois que tu es vraiment un type bien. Allez ! ajouta-t-il en me donnant une bourrade dans le dos, à demain... peut-être !

– Bonne nuit, Clovis. Oui : peut-être à demain.

Je pris le temps d'écrire une dernière carte postale à ma mère. Quelques lignes banales où je lui exprimais ma tendresse, un mot qui jusque-là n'avait jamais été prononcé entre nous.

Je passai près d'une demi-heure à ranger mes affaires, avec le soin d'un meurtrier soucieux de ne laisser aucun indice. Je feuilletai mon agenda. Le mot de Kéo n'y figurait pas.

Je confiai ma carte postale à l'employé de la réception et je sortis. Je me dirigeai vers la plage.

Il faisait frais. Je n'étais vêtu que d'un short et d'un polo. Si je frissonnais, c'était parce qu'une fièvre étrange me tenaillait. Kéo ne m'avait pas fixé d'heure exacte. Certains départs n'exigent pas de ponctualité.

Comme tous les soirs, le boulevard de la Mer regorgeait de badauds. Je les examinai, essayant d'identifier parmi eux la silhouette et le crâne chauve de Kéo. Je restai un long moment assis sur la balustrade, guettant l'arrivée éventuelle de la camionnette. De temps en temps, je jetais un coup d'œil sur la plage.

Elle était déserte.

– Il ne viendra pas, murmurai-je.

Que m'avait-il confié, quelques heures plus tôt ? *Je ne vous ai rien promis. La suite ne dépend pas de moi.* J'échafaudai mille hypothèses, plus folles les unes que les autres.

Le temps coulait.

La mort dans l'âme, je quittai le boulevard et descendis sur la plage, à l'endroit où Clovis et moi avions l'habitude de nous installer.

La nuit était tout à fait tombée. Un croissant de lune éclairait suffisamment la grève et l'océan pour que je puisse y détecter la moindre présence humaine. Ou même celle d'une planche abandonnée. Mais il n'y avait rien.

Je m'assis sur le sable, au bord du désespoir, quand je sentis un objet dur me déchirer la cuisse.

– La clé. La clé de la cabane de Donald !

Je bondis sur mes pieds et je me mis à courir à perdre haleine. C'était évident. Élémentaire. Comme j'avais été stupide d'attendre Kéo !

Je tremblais tellement que je dus m'y reprendre à plusieurs fois pour trouver la serrure, ouvrir la porte.

Enfin, j'entrai. Dans l'obscurité, j'explorai les lieux à tâtons. J'identifiai le canot à moteur, les sièges pliants. Je butai sur la table et fis tomber à terre la trousse de secours.

– Les planches... elles sont au fond.

Celles-ci, destinées à la location, étaient courtes et assez usagées. Soudain, mes mains palpèrent une planche plus longue et très lisse au toucher. Je la saisis d'une main tremblante. Elle ne pesait presque rien.

Je bondis hors de la cabane.

Oui. C'était bien l'une des planches qu'avaient utilisées les surfeurs disparus. L'une de celles que Kéo cachait dans son arrière-boutique. Une feuille y avait été scotchée à la hâte, sur laquelle était griffonné : *En cas d'échec, merci de remettre cette planche à la même place.*

En cas d'échec ? Mais pourquoi aurais-je échoué ?

Je levai les yeux, examinai les passants qui déambulaient un peu plus haut, sur le boulevard. Kéo se trouvait-il parmi eux ? Me surveillait-il de loin ? Sans doute n'avait-il pas pris ce risque. Il était sûrement venu ici en début de soirée et s'était empressé de repartir. Peut-être viendrait-il demain vérifier la présence éventuelle de la planche dans la cabane ?

– Inutile, Kéo, murmurai-je, fébrile. Inutile... *Je vais partir !*

CHAPITRE 14

La dernière vague

Je m'élançai dans l'eau en tirant la planche avec le leash.

Qui aurait prêté attention à cet imprudent surfeur nocturne ?

Je dus nager interminablement pour franchir le seuil des vagues et atteindre, à la frontière de la haute mer, le lieu très particulier où la houle se transforme en rouleaux naissants.

Mon premier essai fut infructueux. La vague n'était sans doute pas assez haute ni assez puissante ; je me laissai tomber jusqu'à ce qu'elle meure sur le sable.

Revenu au large, j'attendis longtemps la deuxième vague et je la cueillis au moment opportun. Elle se transforma en un rouleau somptueux ! Exalté, je me maintenais en équilibre, dans l'attente de ce moment magique où mon corps se désintégrerait...

Mais non : la crête retomba sur moi ; je fus balayé par le flot et violemment chassé vers la grève. Quand j'émergeai et que je reconnus les lueurs de *Surfers Paradise*, je hurlai ma colère et ma déception.

Après une dizaine de tentatives, j'étais vidé, à bout de nerfs. Quelques nuages vinrent masquer la lune, un vent plus froid se leva. En nageant vers la haute mer, j'essayais de comprendre pourquoi Andy, sans le vouloir, avait réussi son transfert du premier coup. Dépité, je bredouillai :

– Pour elle, la date était sûrement plus favorable, son angle d'attaque idéal... Peut-être est-il déjà trop tard ? Tard dans l'année ou dans la nuit ?

J'étais si exténué que j'eus envie de renoncer. De ranger la planche dans la cabane pour reprendre mes tentatives le lendemain à l'aube. Mais je craignais que les conditions soient encore moins favorables. Ou que Kéo vienne récupérer son matériel. Je m'octroyai un dernier essai.

Cette fois, au moment où je me redressai, je sus que la vague était particulièrement bonne. Tandis que je filais vers la grève, bras écartés, en proie à un bienheureux vertige, je sentis la planche vibrer. Je vis les deux bandes violettes s'illuminer doucement sous mes pieds.

Haut, très haut au-dessus de moi, la crête d'écume s'aiguisait. Alors, mes yeux fixèrent la côte. Oui : je regardai l'endroit où Clovis, Andy et moi avions eu coutume de nous installer. Là-bas, j'en étais sûr, quelqu'un, debout, m'observait. Je crus le voir lever son bras et ébaucher un geste d'encouragement – ou d'adieu.

Ébaucher... ébaucher seulement.

Car au même instant, sa silhouette se fondit dans un éclat qui m'obligea à froncer les yeux ! Devant moi venait de naître un jour inconnu et violent.

Toujours en équilibre, je sentis ma planche ralentir ; la vibration s'estompait. Puis je fus submergé par un rouleau puissant ! Cette eau était chaude, épaisse, d'une fluidité inhabituelle. Bousculé, renversé, je tombai et bus la tasse. Je me redressai.

J'avais pied.

Devant moi, ma planche flottait toujours, retenue à

mon poignet par le leash. Enfin, je distinguai la côte...

Ici, le soleil – un autre soleil – devait être levé depuis longtemps. Il éclairait une plage de sable rose bordée par des arbres aux longues feuilles à l'aspect soyeux. L'horizon était barré par de gigantesques montagnes dont les pics enneigés trouaient de rares nuages.

Aucun immeuble. Aucune ville. Aucune trace de vie humaine... Soudain, dans la rumeur du ressac, un appel jaillit :

– Manu !

Là-bas venait d'apparaître, surgi de la forêt, un petit groupe de jeunes gens. Tous couraient vers moi en m'adressant de grands signes. Je me mis à marcher vers eux, épuisé, cœur battant.

C'est Donald que je reconnus le premier, sans doute à cause de sa taille et de son rire tonitruant. Près de lui se tenait... oui, c'était Vincent Van Loos.

Quelqu'un les écarta brusquement, les bouscula et se précipita vers moi en manifestant sa joie et son soulagement.

Je répondis à ses cris quand je la vis.

C'était Andy.

Table des matières

Christian Grenier

Il est né à Paris en 1945. Il aime la science et la fiction... Il décline la littérature sur de multiples registres : le roman policier, le théâtre, la musique. Son public favori, ce sont les jeunes, même quand ceux-ci sont devenus des adultes depuis longtemps ! Il a publié de nombreux récits, trois essais et une cinquantaine de romans. Il est marié ; il a deux enfants. Aujourd'hui, il vit dans le Périgord où il conjugue écriture et lecture, sciences et aventures, énigmes et futur.

Du même auteur :

Aux éditions Nathan,
dans la même collection :

- *Aïna, fille des étoiles* (1995)
- *Aïna et le Secret des oglonis* (1996)
- *Aïna et le Pirate de la comète* (1997)
- *Aïna - Kaha, supermaki !* (1997)
- *Aïna et l'Arbre-Monde* (1998)
- *Aïna - Faut-il brûler Jeanne ?* (1999)

Dans la collection Contes et Légendes :

- *Contes et Récits de la conquête du ciel et de l'espace* (1996)
- *Les Douze Travaux d'Hercule* (1997)
- *Contes et Légendes des héros de la mythologie* (1998)

Marc Mosnier

Marc Mosnier est né en 1963 à Nantes.
Revenu au dessin par passion après des études de droit, il a illustré environ une centaine de romans, ainsi que de très nombreux ouvrages encyclopédiques, dont les originaux ont fait l'objet de plusieurs expositions.
Passionné par la Bretagne, il est également l'auteur d'une série d'images ayant trait à la mythologie celtique.

001. **LE JOUR EST LA NUIT** Hubert Ben Kémoun

Policier

Vladimir voulait mettre en boîte son prof pour frimer devant les copains et les copines et tout a basculé. Gravement ! Vladimir se lance dans une interminable cavale...

003. **DÉLIT DE FUITE** Caroline Terrée

Policier

Antoine arrive dans sa nouvelle classe. Tom, sauvage et renfermé, est désigné pour l'accueillir et lui faire visiter l'établissement. Au début, leur relation est difficile mais ensuite Tom apprend à apprécier Antoine. Or, un jour, tout bascule...

002. **JE VAIS TE MANGER !** Robert Belfiore

Fantastique

Un soir, Caroline entend des miaulements et aperçoit un homme qui s'enfuit avec les chatons de Caroline. Avec Tony et Ugo, ses copains, elle croit reconnaître le break d'Emil Brancusi. Ils entrent dans sa propriété et font une horrible découverte.

007. **LA MAISON AUX DÉMONS** Jean-Marc Ligny

Fantastique

Quelque chose ne tourne pas rond dans la nouvelle maison de la grand-mère de Tim. Les portes s'ouvrent toutes seules et les objets changent mystérieusement de place...

004. **MA VIE, ÇA N'EST PAS DE LA TARTE !** Jo Hoestlandt

C'est ma vie

Magali vit chez ses grands-parents. Cet après-midi, elle s'ennuie mais ne veut surtout pas le dire aux adultes qui lui trouveraient mille choses à faire... Un jour elle a l'idée de tout confier à une cassette.

009. **À LA VIE, À LA...** Marie-Sabine Roger

C'est ma vie

Cette nuit, la Vomille est revenue. Maman m'a regardé de son regard Je-t'aime. Elle a posé la couverture sur moi . Puis Melchior Lescale s'est assis sur mon lit. C'est mon voisin. Avant, il était pirate !

010. **LA CHANSON DE HANNAH** Jean-Paul Nozière

C'est ma vie

En 1940, Louis vit avec ses parents dans une petite ville minière. Il ne se soucie pas de la guerre. Mais sa vie est bientôt bouleversée : les nazis et la police commencent à arrêter les Juifs ! Et, à dix ans, Louis apprend par son père qu'il est lui-même juif... Pourront-ils fuir à temps ?

006. **LES SEPT SCARABÉES** Gérard Moncomble

Aventure

Oscar Pluche a épinglé son millième scarabée. Une collection parfaite ! Pourtant, lorsqu'une vieille dame lui prétend le contraire, sa joie tombe. Incomplète, sa collection ? La réponse l'attend en Égypte, avec des ennuis et des surprises de taille...

008. **L'INCROYABLE RETOUR** Evelyne Brisou Pellen

Aventure

C'est l'hiver. Un vent de mystère souffle sur la famille Fédine. L'inspecteur Biely enquête sur le meurtre de Léopold, survenu quelques jours après la mort accidentelle de sa sœur Olga.

10091708 (I) 8 BSBA 100° - mars 2002
Imprimé en France par I.F.C. 18390 Saint-Germain-du-Puy
N° d'impression : 02/168